Raimund Eich

Nora Horst

Ohne die geringste Spur

Raimund Eich lebt im Saarland.

Neben Büchern über seine Heimatstadt Neunkirchen, Tatsachenromanen, Ratgebern sowie heiteren und besinnlichen Gedichten und Geschichten hat er einige Werke mit gesellschaftlich relevanten und spirituellen Themen veröffentlicht, in die er naturwissenschaftliche und technische Aspekte in sehr anschaulicher Form mit einfließen lässt. Daraus resultieren einzigartige Bücher, spannend, dramatisch, informativ und unterhaltsam zugleich.

Raimund Eich

Nora Horst
Ohne die geringste Spur

ein Cold Case-Krimi

Impressum:

Bibliografische Information der Deutschen National-bibliothek:
Die Deutsche Nationalbibliothek verzeichnet diese Publikation in der Deutschen Nationalbibliografie; detaillierte bibliografische Daten sind im Internet über http://dnb.dnb.de abrufbar.

Herstellung und Verlag: BoD – Books on Demand, Norderstedt

ISBN: 9783756229529

Inhaltsverzeichnis

*Weisheit setzt gleichermaßen
Wissen und Intuition voraus!*

Vorwort

Um es vorweg zu nehmen, wenn man einen fiktiven Kriminalroman mit regionalem Bezug veröffentlicht, dann orientiert man sich zwar weitestgehend an der Realität, nimmt sich aber dennoch die Freiheit, Orte und Namen hin und wieder so zu verändern, dass sie sich nicht nur nahtlos in die Rahmenhandlung einfügen, sondern auch Namens- und Persönlichkeitsrechte Dritter berücksichtigen. Dies gilt auch für diesen Roman, bei dem Namen und Handlungsorte zum Teil frei erfunden sind und somit Ähnlichkeiten mit noch lebenden oder toten Personen rein zufällig und unbeabsichtigt wären. Umso mehr danke ich denen, die mir ausdrücklich gestattet haben, sie mit ihrem richtigen Namen in diese Geschichte einzubinden.

Noch ein Hinweis. Auch die kleine Einheit LPP 299 - Sonderermittlungen des Landespolizeipräsidiums des Saarlandes und des Landeskriminalamtes (LKA) sind meiner Fantasie entsprungen, ebenso wie die Oberkommissarin Nora Horst aus Neunkirchen als zentrale Figur in diesem Roman, zu dem ich Ihnen eine spannende Unterhaltung wünsche.

Raimund Eich

Abserviert

„Setz dich bitte, Horst", sagte Martin, „magst du auch einen Kaffee oder einen Cappuccino? Ich sage dir, Veras Cappuccinos sind mit Abstand die besten."

„Gerne, Martin!"

„Machen Sie uns bitte zwei Cappuccino und die nächste halbe Stunde bitte keine Anrufe oder sonstige Störungen", rief er der Sekretärin im Vorzimmer zu und schloss die Tür. Dann starrte er mich kopfschüttelnd an. „Sag jetzt bloß nicht, ich hätte gerade Horst zu dir gesagt?"

Ich nickte. „Doch, genau so wie in den guten alten Zeiten."

„Oh Gott, die Macht der Gewohnheit, selbst nach so langer Zeit. Das tut mir jetzt leid, Nora. Bitte entschuldige. Den Namen hatte dir doch unser damaliger Dozent in Polizeirecht verpasst. Wie hieß der noch mal?"

„Heuwagen, hieß er. Professor Heuwagen, um genau zu sein, aber ganz ohne Doktortitel, wofür er sich immer krampfhaft zu rechtfertigen versucht hat. Er hat uns alle immer nur mit Nachnamen angesprochen, und so wurde aus der Studentin Nora Horst halt ´Die Horst`, und meine lieben Kommilitonen hatten nichts Besseres zu tun, als das auf gut saarländisch in ´De Horst` umzuformulieren. Und dieser Name wird mich wohl bis ins Grab begleiten. Wer letztlich daran schuld war, darüber ließe sich also durchaus streiten."

„Ja, du hast Recht, jetzt fällt mir auch wieder der entscheidende Auslöser dafür ein. Dieser verklemmte Dozent konnte sich einfach nicht so richtig damit anfreunden, eine weibliche Kommissaranwärterin unter seinen Studenten zu haben. Ich erinnere mich, wie er dich hin und wieder zurechtgewiesen hat, wenn du uns gegenüber, ich drücke mich mal vorsichtig aus, zu viel emanzipatorische Züge an den Tag gelegt hattest. ´Sie müssen nicht glauben, dass Sie sich alleine aufgrund Ihrer weiblichen Geschlechtsmerkmale Vorteile verschaffen und sich über Ihre Kommilitonen erheben können, Horst`, höre ich ihn heute noch mit erhobenem Zeigefinger sagen. Und so haben wir halt eine nominelle Geschlechtsumwandlung an dir vollzogen, aber nur zu deinem persönlichen Schutz, weil du die Schönste von allen warst."

„Ja, so war es", erwiderte ich. Ich muss gestehen, dass ich Martin nicht wirklich mochte. Nicht weil er mir damals diesen Namen verpasst hatte und sich jetzt hinter einem ´wir` zu verstecken versuchte. Jetzt machte er sich auch noch über den alten Professor lustig, während er mir alberne Komplimente zu machen versuchte. Damals hatte er dem Dozenten allerdings immer nach dem Mund geredet, nur um der guten Noten willen. Martin war der geborene Opportunist, der in allem was er sagte und tat immer nur seinen persönlichen Vorteil suchte, aber immer mit einer gespielten Freundlichkeit seinen Kontrahenten gegenüber. Auch jetzt spürte ich sie wieder, eine gewisse Abneigung, weil ich ihm schon von Anfang nie so ganz über den Weg getraut hatte. „Du bist noch immer der alte Charmeur, und lügen tust du auch noch immer wie gedruckt", erwiderte ich demonstrativ.

„Ich und lügen? Wie kommst du denn darauf?"

„Na ja, es ist schließlich keine Kunst, die Schönste im Kurs zu sein, wenn man die Einzige unter lauter jungen Studenten war."

„Zugegeben, aber dann ist es trotzdem keine Lüge, Frau Oberkommissarin", erwiderte er und sah mich mit durchdringenden Blicken eine Weile an, offenbar um mich damit einzuschüchtern, was ihm aber nicht gelang, weil ich seinen Blick standhaft erwiderte, ohne den Kopf dabei zu senken. Auch ich kannte diese Art von Einschüchterungsversuchen nur zu gut, weil ich sie früher selbst gerne bei Tatverdächtigen anwendete, durchaus nicht selten auch mit einem gewissen Erfolg.

Martin hatte es wohl auch bemerkt und wechselte spontan seine Taktik. „Lass mich dir sagen, dass ich mich sehr darüber freue, dass du wieder an Bord bist. Wie lange warst du eigentlich außer Gefecht, Nora?", fragte er, obwohl er es mit Sicherheit auf den Tag genau wusste.

„Fast ein Jahr."

„Und wie geht es dir jetzt?"

„Besch...eiden, wie man sieht. Sie haben mich zwar wieder einigermaßen zusammengeflickt, aber richtig laufen wie früher werde ich wohl nie mehr können. Aber was soll´s. So gehe ich jetzt halt am Stock wie Miss Marple."

„Sag bloß, du liest immer noch die alten Geschichten von Agatha Christie, meine Teuerste", säuselte er wie der liebenswerte Mister Stringer, Miss Marples treuer Begleiter.

„Immer noch und immer wieder, Martin. Ich liebe diese nostalgischen Krimis halt über alle Maßen."

„Okay, lass uns jetzt mal über deine Zukunft reden, Nora. Ich bin sicher, wenn dieser schreckliche Unfall nicht passiert wäre, dann würdest du vermutlich heute auf meinem Stuhl als Kommissariatsleiter beim LKA sitzen. Aber die Stelle war ja schon ein paar Monate vorher vakant, und weil es außer uns beiden keine anderen Bewerber gab und wohl auch niemand ernsthaft damit gerechnet hat, dass du deinen Dienst überhaupt wieder aufnehmen könntest, haben Sie mich halt …"

„Du brauchst dich nicht dafür zu entschuldigen, Martin", unterbrach ich ihn. „Ich habe nichts anderes erwartet und gratuliere dir hiermit nachträglich noch zur Beförderung."

„Danke, Nora, ich weiß es zu schätzen. Trotzdem habe ich als Vorgesetzter irgendwie ein ungutes Gefühl dir gegenüber. Hinzu kommt, dass du aufgrund deiner zum Glück nicht allzu großen körperlichen Einschränkungen dennoch nicht mehr so einsatzfähig wie früher bist und ich dir nicht mehr alle möglichen Einsätze unter zum

Teil schwierigsten Bedingungen und auch keine Bereitschaftsdienste mehr zumuten kann und will. Hast du eigentlich schon mal darüber nachgedacht, ganz aus dem Beruf auszusteigen?"

„Du willst mich wohl loswerden", erwiderte ich, worauf er mit heftigem Kopfschütteln reagierte. „Die Ärzte haben es mir zwar nahe gelegt, um ehrlich zu sein, aber zum einen bin ich dafür wirklich noch zu jung und darüber hinaus bleibt mir nach Björns Tod auch aus finanziellen Gründen nichts anderes übrig, als mir meine Brötchen weiterhin selbst zu verdienen. Als freiberuflicher Versicherungsvertreter hat er zwar Gott und die Welt gegen alle möglichen Risiken versichert, bei sich selbst aber wegen der hohen Versicherungsprämien für seine Altersvorsorge massiv gespart, sodass meine Witwenrente kaum der Rede wert ist und noch nicht mal fürs Füttern seines Federviehs und der Katzen reicht, von den immer wieder mal anfallenden Arztkosten ganz zu schweigen. Aber die Tiere sind sozusagen sein Erbe für mich, und deshalb werde ich mich natürlich auch um sie kümmern."

„Das verstehe ich, Nora, und nein, wirklich niemand hier will dich loswerden. Ganz im Gegenteil, aber ich hätte da vielleicht ein interessantes Alternativangebot für dich", heuchelte er.

„Nicht nötig, Martin, du weißt ja, dass ich ein Versetzungsgesuch auf eine Stelle im Innendienst gestellt habe. Ich habe gehört, dass bei der Inspektion in Neunkirchen in Kürze etwas freiwerden soll. In meiner Heimatstadt wäre es für mich viel leichter, mich um das Haus mit dem großen Garten und um die Tiere zu kümmern. Seit Björns Tod muss ich alles alleine machen. Zumindest die täglichen Arbeitswege nach Saarbrücken und zurück nach Neunkirchen möchte ich mir gern ersparen, zumal mir auch das Autofahren seit dem Unfall noch etwas schwer fällt. Aber ich fürchte, mit meinem Versetzungswunsch werde ich wohl kaum Glück haben."

„Keine Ahnung", erwiderte Martin, „aber ein langweiliger Bürojob hinter Aktenbergen, wo auch immer, das dürfte ja wohl kaum dein Wunschtraum sein, so wie ich dich kenne."

Ich nickte. „Richtig, aber ich habe ja wohl sonst keine andere Wahl."

„Abwarten, Nora. Hör dir bitte mal meine Alternative an."

„Okay Martin."

Er lehnte sich sichtlich zufrieden in seinem Bürostuhl zurück. „Na endlich. Du hast sicher schon gehört, dass hier im Polizeipräsidium ein neuer Stellvertreter installiert wurde, weil Haasmann zwischenzeitlich in Pension gegangen ist. Hansberg heißt der Neue. Er kommt aus Nordrhein-Westfalen, hat ´nen Doktorhut auf dem Kopf und ist politisch hier offenbar sehr gut vernetzt. Ich gehe davon aus, dass er in spätestens zwei Jahren den Laden übernehmen wird, wenn auch der große Zampano ausscheidet. Promoviert hat er übrigens über neuartige Methoden der Aufklärung, insbesondere von älteren Fällen. So genannte Cold Case-Fälle also. Ich kann dieser Art von Verdenglischung zwar beim besten Willen nichts abgewinnen, aber ein deutscher Name scheint dafür ja offenbar nicht opportun zu sein", schnaufte er. „Jedenfalls will Mister Cold Case, so wird er klammheimlich genannt, offenbar mit einer spektakulären Lösung derartiger Altfälle entsprechendes Aufsehen erregen, um damit möglichst viel Glanz auf sein noch zu krönendes Haupt zu lenken. Wie du weißt, hat man den ungelösten Altfällen wegen personeller Engpässe bisher eher keine besondere Bedeutung beigemessen, aber das soll jetzt möglichst kurzfristig geändert werden. Jedenfalls wurden alle Dezernats- und Kommissariatsleiter aufgefordert, hierfür geeignete Kandidaten zu benennen. Du kannst dir sicher vorstellen, dass keiner gerne sein bestes Pferd im Stall dafür hergeben möchte, aber ...."

„Außer dir, Martin, nicht wahr …?", unterbrach ich ihn.

Er starrte mich sichtlich irritiert an und erwiderte: „Nein und ja, Nora. Glaub mir bitte, ich will dir wirklich nur Gutes damit tun, und ich könnte mir auch keine bessere Spürnase als die deine für so eine Aufgabe vorstellen. Außerdem, ich hatte es eingangs ja schon angedeutet, sind wir beide alte Weggefährten und ich möchte unsere langjährige freundschaftliche Beziehung nicht durch ein Vorgesetzten-Mitarbeiter-Verhältnis strapazieren."

Ich schluckte eine passende Erwiderung darauf nur mühsam hinunter. Martin wollte mich einfach loswerden, weil er wusste, dass ich nicht auf seine Tricks hereinfallen würde. „Ja, das liegt durchaus auch in meinem Interesse", erwiderte ich stattdessen. „Das Ganze klingt ja durchaus nicht uninteressant, aber ich müsste dann ja wohl weiterhin beim LKA in Saarbrücken bleiben. Deshalb würde ich einen langweiligen Bürojob in Neunkirchen, wie du es so schön formuliert hast, aus übergeordneten Gründen trotzdem bevorzugen."

„Moment mal, wer sagt denn, dass du als Cold Case Ermittlerin unbedingt in Saarbrücken bleiben musst? Du wärst ja im Wesentlichen als Einzelkämpferin aktiv und könntest genau so gut auch von Neunkirchen aus agieren. Vielleicht sogar direkt von zu Hause aus, wenn man dir einen Zugang zu unseren Servern einrichten würde. Also im weitesten Sinne ein Job im Homeoffice mit allenfalls gelegentlicher Präsenz hier vor Ort, höchstens einmal die Woche für ein paar Stunden, könnte ich mir vorstellen. Was würdest du denn dann dazu sagen?"

„Na ja, das wäre natürlich Klasse, aber ich glaube kaum …"

„Überlass das bitte mir, Nora. Ich kläre es mit Mister Cold Case ab und dann sprechen wir noch mal darüber. Ich bin nachher ohnehin in anderer Angelegenheit bei ihm und gebe dir morgen Vormittag Bescheid. Sagen wir um elf Uhr wieder hier bei mir?"

Dagegen war nichts einzuwenden. „Dann also bis morgen Vormittag. Ich bin wirklich gespannt, ob du das auch tatsächlich durchsetzen kannst", sagte ich.

Spätestens als er darauf mit einem süffisanten Lächeln vielsagend erwiderte: „Lass mich nur mal machen, Nora", war mir klar, dass meine Zeit hier in Saarbrücken, so oder so, wohl unwiederbringlich abgelaufen war.

Es ist wie es ist, Nora, versuchte ich mich in Gedanken selbst ein bisschen zu trösten und verließ sein Büro. Aber der Gedanke an eine weitere Tätigkeit als Ermittlerin unter für mich deutlich günstigeren Bedingungen hatte durchaus auch seine Reize.

Neue Aufgabe

Am nächsten Vormittag klingelte schon früh das Telefon. Martin war am Apparat. „Hallo Nora, kannst du bitte heute Morgen schon ein paar Minuten vor zehn Uhr bei mir sein. Wir beide haben nämlich um zehn einen Termin bei Dr. Hansberg."

„Natürlich, geht klar, Martin", erwiderte ich.

„Ich glaube, es sieht ganz gut aus für dich", empfing er mich schon auf dem Flur. „Hansberg sitzt zwei Etagen höher. Lass uns gleich zu ihm hochfahren."

„Schön, dass Sie nach so langer Zeit wieder im Dienst sein können, Frau Horst", empfing uns der Ständige Vertreter des Landespolizeipräsidenten. „Wir kennen uns ja leider noch nicht persönlich, aber ich habe schon sehr viel Gutes über Sie gehört und hatte gestern Gelegenheit, mich mit ihrem Begleiter über ein neues und sehr spannendes Einsatzgebiet für Sie zu unterhalten, das zudem auch unter Berücksichtigung Ihres tragischen Unfalls im vorigen Jahr eine wesentliche Erleichterung und Verbesserung für Sie darstellen dürfte. Ich habe leider jede Menge Termine heute und will es daher gleich auf den Punkt bringen. Ich möchte hier im Saarland ungelösten Kriminalfällen, also so genannten Cold Cases, etwas mehr Aufmerksamkeit zukommen lassen und die bereits neu gebildete kleine Einheit, die sich ausschließlich hierauf konzentrieren soll, mit Ihnen noch ein bisschen verstärken. Wir brauchen dafür nämlich Ermittler mit möglichst langjähriger Erfahrung und einem, wie soll ich es sagen, gewissen Ehrgeiz und hoher Sensibilität für die Lösung von mysteriösen Fällen. Herr Eichhorn hier hat mir gestern gesagt, dass diese Voraussetzungen in Ihrem Fall in optimaler Weise gegeben wären, was mich natürlich sehr freut. Aufgrund Ihrer persönlichen Einschränkungen spricht aus meiner Sicht auch überhaupt nichts dagegen, Ihnen hierfür einen Arbeitsplatz im Homeoffice anzubieten, sodass Sie die notwendigen Ermittlungen in eigener Regie und ganz nach Ihren Möglichkeiten direkt von Zuhause aus organisieren können. Ein Zugriff von dort aus auf unsere Server wird allerdings aus Sicherheitsgründen nicht möglich sein. Aber wir würden Ihnen im Gebäude der Neunkircher Inspektion in der Falkenstraße einen kleinen

Raum mit entsprechendem Equipment einrichten, von dem auch eine Teilnahme an Besprechungen per Videokonferenz möglich wäre, wobei ich natürlich auch eine gelegentliche Präsenz bei den Kollegen hier im Präsidium nicht völlig ausschließen kann, aber das dürfte sich wohl auf zwei bis drei Termine im Monat beschränken. Überlegen Sie sich heute bitte alles noch einmal in aller Ruhe und geben Sie Herrn Eichhorn im Laufe des morgigen Tages Bescheid, damit alles Notwendige schnellstmöglich veranlasst werden kann. Ansonsten müssten wir uns natürlich Gedanken über eine andere Lösung machen."

Auch aus diesen Worten war unschwer zu entnehmen, dass es für Nora Horst offenbar keine sonstigen Verwendungsmöglichkeiten hier in Saarbrücken mehr geben würde und meine Versetzung vermutlich bereits beschlossen war. Martin hatte dafür wohl schon frühzeitig alle Weichen gestellt. *Du bist hier einfach unerwünscht und sollst schnellstmöglich entsorgt werden,* schoss mir spontan durch den Kopf. Unter diesen Umständen schien es auch mir als das Beste, das Angebot anzunehmen. Ansonsten blieb mir als letzter Ausweg wohl doch nur noch ein vorzeitiger Ruhestand als Alternative. „Vielen Dank, aber ein Aufschieben der Entscheidung bis morgen wird meinerseits nicht notwendig sein, denn ich möchte Ihr Angebot gerne direkt annehmen, Herr Dr. Hansberg. Wenn Sie mich jetzt aber bitte entschuldigen würden, mir geht es leider momentan nicht besonders gut", heuchelte ich den beiden Herrschaften vor, wobei ich ihnen am liebsten vor die Füße gekotzt hätte.

„Aber selbstverständlich, Frau Horst. Soll Sie jemand zum Arzt bringen oder nach Hause fahren, dann werde ich gleich das Notwendige veranlassen", bekam ich zur Antwort.

Ich schüttelte den Kopf. „Nein danke, das wird nicht notwendig sein, aber ich möchte gerne noch ein paar Tage Urlaub nehmen, wenn das möglich ist, um mich in aller Ruhe auf die neue Aufgabe einstimmen zu können."

„Aber natürlich, das ist überhaupt kein Problem, Nora, dir steht ja ohnehin noch genug Urlaub zu. Sag bitte nur meiner Sekretärin unten Bescheid, wie lange du wegbleiben möchtest. Wir werden in der Zwischenzeit alles Notwendige veranlassen, damit du schon nächsten Monat mit deiner neuen Aufgabe in Neunkirchen beginnen kannst", gab mir Martin zur Antwort, während mich Dr. Hansberg betont sorgenvoll zur Tür begleitete und mit den besten Wünschen verabschiedete.

Ein paar Tage später erreichte mich zu Hause ein Brief der Personalabteilung, in der mir meine sofortige Versetzung zur neu geschaffenen Einheit LPP 299 – Sonderermittlungen mitgeteilt wurde, ausdrücklich im Homeoffice und damit ohne ständige Präsenzpflicht am Standort Saarbrücken. Zudem wurde mir ein kleiner Büroraum im Gebäude der Polizeiinspektion in Neunkirchen zur Verfügung gestellt. Eine detaillierte Einweisung in das neue Aufgabengebiet werde am Ersten des nächsten Monats beim zuständigen Leiter in Saarbrücken erfolgen, hieß es.

Erinnerungen

Obwohl diese Nachricht zu erwarten war, spürte ich dennoch eine undefinierbare Traurigkeit in mir. Ich fühlte mich wie auf ein Abstellgleis geschoben. Ein weiterer Tiefschlag in meinem Leben, nachdem ich voriges Jahr meinen Mann Björn auf so tragische Weise verloren und sich mein Leben von einer Sekunde auf die andere so dramatisch verändert hatte. Immer wieder gingen mir die letzten Minuten vor dem Unfall durch den Kopf, als wir beide uns nach einem Einkauf auf der Heimfahrt heftig gestritten hatten. Ich hatte Björn davon in Kenntnis gesetzt, dass ich mich auf die ausgeschriebene Stelle als Dezernatsleiterin beworben und bereits den Kauf eines kleinen Hauses auf dem Rotenbühl in Saarbrücken im Visier hätte, weil mit der Leitungsfunktion eine noch stärkere Vor-Ort-Präsenz erforderlich wäre und ich es ohnehin leid sei, jeden Tag zu meiner

Arbeitsstelle zu pendeln und dabei wertvolle Zeit zu verlieren. Für ihn sei es ohnehin egal, von wo aus er seine Versicherungsgeschäfte abwickeln würde. Doch Björn wollte auf keinen Fall aus dem unscheinbaren kleinen Elternhaus in der Heizengasse in Neunkirchen mit dem umso größeren Garten in Richtung Brunnenstraße ausziehen. Ein kleines Paradies für ihn und seine Tiere, während ich aus Prestigegründen nicht länger auf ein vorzeigbares Anwesen verzichten wollte. „Mein Entschluss steht fest, Björn", hatte ich zu ihm gesagt, „und auf deine Tiere wirst du ohnehin verzichten müssen, denn das neue Haus wird ein gutes Stück moderner und größer sein, aber das Grundstück ist viel zu klein, um darauf auch noch Tiere wie auf einem Bauernhof halten zu können." Daraufhin hatte er mir ein rücksichtsloses Karrierestreben vorgeworfen und mir zu verstehen gegeben, dass er damit auf keinen Fall einverstanden wäre. So gab ein Wort das andere, bis ich ihn eiskalt vor die Wahl stellte, entweder mit mir umzuziehen oder sich auf eine Trennung einstellen zu müssen. Das musste ihn im wahrsten Sinne des Wortes völlig aus der Bahn geworfen haben. Jedenfalls drückte er plötzlich völlig unkontrolliert aufs Gaspedal und verlor kurz darauf in einer scharfen Rechtskurve die Kontrolle über das Auto, worauf der Wagen nach links ausbrach und gegen einen Baum am Straßenrand krachte.

Die letzten Sekunden spulten sich noch einmal wie in einem Film vor meinem geistigen Auge ab. Ich spürte noch einmal den heftigen Aufprall, der mich unmittelbar darauf sowohl aus dem Fahrzeugwrack als auch aus meinem Körper katapultierte. Für kurze Zeit hatte ich den Eindruck, über der Unfallstelle zu schweben und meinen eigenen und Björns leblosen Körper von oben zu betrachten. Ein grauenvoller Anblick. Trotzdem fühlte ich mich davon völlig unberührt und verspürte auch keinerlei Schmerzen. Dann begann ich auf eine Art dunklen Tunnel zuzuschweben, in dem ich mich mit atemberaubender Geschwindigkeit nach oben bewegte, hin zu einem in den schönsten Farben funkelnden Licht, das mich zugleich umhüllte und durchdrang und mit einer grenzenlosen Liebe erfüllte. Dann sah ich mich und Björn in einer herrlichen Landschaft auf ein goldenes Tor zulaufen. Während Björn immer schneller wurde und geradewegs durch das Tor lief, schienen meine Beine immer schwerer zu werden und versagten kurz davor ganz ihren Dienst. Eine nur in Umrissen wahrnehmbare Lichtgestalt kam mir durch das Tor entgegen und gab mir ohne Worte zu verstehen, dass ich diese Grenze noch nicht überschreiten dürfe, weil ich noch wichtige Aufgaben auf der Erde zu erfüllen hätte. Im gleichen Moment spürte ich, wie ich durch den Tunnel wieder nach unten gezogen wurde, während Björn jenseits des Tors mir einen letzten Blick zum Abschied zuwarf und dabei die Hand zum Gruß hob.

Irgendwann später wachte ich mit heftigen Schmerzen am ganzen Körper in einem Bett im Krankenhaus auf. Ich hatte wohl unmittelbar nach dem Crash einen Herzstillstand, konnte aber noch am Unfallort wiederbelebt werden. Als ich ein paar Tage nach einer schweren Hüft-OP wieder aus dem künstlichen Koma erwachte, galt meine erste Frage natürlich dem Befinden von Björn, der das Klinikpersonal jedoch auszuweichen schien und mir zu verstehen gab, dass man mir dazu momentan noch nichts Näheres sagen könne. Eine dunkle Vorahnung beschlich mich daraufhin, insbesondere auch wegen des mysteriösen Erlebnisses, das ich unmittelbar nach dem Unfall hatte. Doch als ich es den Ärzten und Pflegern schilderte, gab man mir zu verstehen, dass dies durchaus nichts Ungewöhnliches sei und hin und wieder in derartigen Fällen vorkommen könne. Mögliche Hirnfunktionsstörungen und Medikamenteneinflüsse könnten durchaus derartige Trugbilder auslösen. Trotz meiner felsenfesten Überzeugung, dass diese intensive und noch immer bis ins kleinste Detail in meinem Gedächtnis verhaftete Erfahrung unmöglich ein Hirngespinst sein konnte, gab ich mich achselzuckend mit diesen Erklärungen zufrieden. *Die Mediziner wissen es mit Sicherheit besser als du, Nora*, tröstete ich mich, zumal ich mich auch vor diesem Ereignis weder für religiöse noch für esoterische oder spirituelle Themen interessiert hatte. Als man mir jedoch mitteilte, dass Björn noch an der Unfallstelle verstorben sei, nachdem ich wieder einigermaßen ansprechbar und bei Kräften war, tauchten die Erinnerungen daran spontan wieder vor meinem geistigen Auge auf. Hatte ich nicht doch vor der Schwelle zum Jenseits gestanden, die dieses goldene Tor offenbar symbolisierte, durch das Björn gehen durfte, während mir der Zugang versagt wurde? Ich wusste es nicht und war zutiefst verwirrt. Nur der tiefsitzende Schmerz über den tragischen Verlust meines Mannes, eine weitere OP und zusätzliche Behandlungen ließen dieses Ereignis eine Weile in den Hintergrund rücken.

Dem Krankenhausaufenthalt schloss sich ein längerer Aufenthalt in einer Reha-Klinik im Schwarzwald an. Björns Schwester und ihr Sohn kümmerten sich währenddessen um unser Haus und die Tiere und organisierten auch die Beerdigung, an der ich, allerdings noch im Rollstuhl sitzend, teilnehmen konnte. Die seelischen Schmerzen, die ich dabei empfand, schienen mir unerträglich zu sein, ungleich stärker jedenfalls als die noch lange Zeit nachwirkenden körperlichen Beschwerden. Ich kam einfach nicht klar damit, dass Björn infolge des Unfalls, den letztlich doch ich mit meinen verletzenden Worten im Auto ausgelöst hatte, so plötzlich aus dem Leben scheiden musste, ohne dass ich mich wenigstens bei ihm dafür entschuldigen und mich von ihm verabschieden konnte.

In der Reha klärte mich eine sehr nette und einfühlsame Pflegerin darüber auf, dass ich aufgrund meiner Schilderung unmittelbar nach dem Unfall mit sehr hoher Wahrscheinlichkeit eine so genannte Nahtoderfahrung gemacht hätte, die man nicht einfach auf neurobiologische Phänomene oder Fehlleistungen des Gehirns reduzieren könne, wie es jedoch die meisten Mediziner zu tun pflegten. Sie selbst habe vor Jahren auch eine ähnliche Erfahrung gemacht und könne meine Schilderungen daher sehr gut nachvollziehen. Aber auch ihr habe seinerzeit niemand Glauben schenken wollen. Sie gab mir zwei Bücher über Nahtoderlebnisse zu lesen, die mich sofort in ihren Bann zogen und in vielem darin bestärkten, mein eigenes Erlebnis nicht mehr als bloßes Hirngespinst abtun zu lassen. Meine Leidenschaft für Krimis von Agatha Christie wurde zunehmend abgelöst durch Bücher über Nahtoderlebnisse, Nachtodkontakte, und Verbindungen zur geistigen Welt. Derart spirituelle Themen zogen mich mehr und mehr in ihren Bann. Dennoch zog ich es vor, über mein unfallbedingtes Kurzzeiterlebnis in der magischen Welt der Geistwesen sicherheitshalber mit niemand sonst zu reden, um nicht Gefahr zu laufen, auch noch für verrückt erklärt und damit endgültig als dienstunfähig eingestuft zu werden.

Teamsitzung

Am nächsten Ersten stellte ich mich dem Leiter und den beiden anderen Kollegen des neu gegründeten Dezernats Sonderermittlungen vor. Sven Beckmann, mein neuer Chef, war ein relativ junger Mann, den Dr. Hansberg aus Nordrhein-Westfalen mitgebracht hatte. Die Kollegen Schumann und Lesmeister kannte ich schon länger und wusste daher, dass man bei unserer neuen Einheit nicht unbedingt von einer Elitetruppe sprechen konnte. Die zwei Mitstreiter hatten zwar wie ich auch bereits eine beträchtliche Anzahl von Dienstjahren auf dem Buckel, waren aber weder durch besonderen Ehrgeiz noch durch bemerkenswerte berufliche Erfolge in Erscheinung getreten. Dass ich dagegen wohl eher nur aufgrund meiner unfallbedingten Handicaps ausgemustert worden war, tröstete mich herzlich wenig. *Zum Glück bist du in Neunkirchen wenigstens weit weg vom Schuss,* kam mir spontan in den Sinn.

„Wir haben uns unser spezielles Aufgabengebiet im Saarland ein bisschen aufgeteilt", erklärte mir der Neue. „Die beiden Kollegen brauche ich Ihnen sicherlich nicht näher vorzustellen. Sie werden sich insbesondere um Cold Case-Fälle im westlichen und südlichen Saarland kümmern, während Sie für den östlichen Teil, also schwerpunktmäßig im Raum Neunkirchen-Homburg-St. Wendel, zuständig sein werden. Was darüber hinausgeht, müssen wir von Fall zu Fall entscheiden, denn mit mehr Personal werden wir in nächster Zeit wohl kaum rechnen können. Man will diesbezüglich erst einmal entsprechende Entwicklungsergebnisse abwarten. Möglicherweise können wir bei entsprechendem Bedarf zumindest noch mit zeitweiliger Verstärkung durch den einen oder anderen Kommissaranwärter rechnen, aber das kann ich Ihnen nicht versprechen. Versuchen Sie also bitte, möglichst alleine klar zu kommen. Da Frau Horst nicht hier im LKA, sondern von Neunkirchen aus agieren wird, möchte ich mich jetzt gerne mit ihr noch separat über die Arbeitsabläufe unterhalten und Herrn Schumann und Herrn Lesmeister nicht länger von der Arbeit abhalten." Sprachs und komplimentierte meine neuen Kollegen damit auf elegante Weise aus seinem Büro. Dann setzte er sich zu mir an den Besuchertisch und atmete tief durch. „Ich bin ein Freund klarer Worte, Frau Horst, und muss Ihnen daher sagen, dass Ihre beiden Kollegen leider …"

„Nicht nötig, Herr Beckmann, ich kenne die beiden überaus engagierten Herren schließlich lange genug", unterbrach ich ihn.

Er sah mich ein paar Sekunden sichtlich irritiert an und fing schallend an zu lachen, nachdem ich mir ein schelmisches Grinsen nicht verkneifen konnte.

„Exakt, Frau Horst, besser hätte ich es kaum ausdrücken können", prustete er los. Dann wechselte er den Gesichtsausdruck und beugte sich flüsternd zu mir herüber. „Ganz im Ernst, das geht so nicht, und das habe ich auch dem Hansberg schon gesagt. Ich bin zwar selbst Beamter, aber die typische Beamtenmentalität, die so mancher an den Tag zu legen pflegt, bringt mich schier zur Verzweiflung. Ich will es Ihnen an einem anschaulichen Beispiel verdeutlichen. Mal sehen, ob Sie mir die folgende Frage beantworten können. Was ist das, drei in einem Büro und nur einer rotiert?"

„Zwei Beamte und ein Ventilator?", erwiderte ich, „und der Ventilator sind vermutlich Sie!", worauf er erneut in schallendes Gelächter ausbrach. „Und jetzt hat man Ihnen auch noch eine Halbinvalide wie mich zugeteilt, Sie Ärmster", schob ich nach.

„Oh nein, Frau Horst, da liegen Sie völlig schief. Ich hatte dem Hansberg sehr deutlich zu verstehen gegeben, dass das Ganze zum Scheitern verurteilt ist, wenn ich nicht endlich jemand bekomme, mit dem ich engagiert und auf Augenhöhe zusammenarbeiten kann. Und mir wurde ausdrücklich versichert, dass es dafür offenbar keine Geeignetere als Sie gäbe, Frau Horst. Und nachdem ich Sie jetzt auch persönlich kenne, besteht meinerseits auch nicht der geringste Zweifel daran. Ich bin zwar mit Ende Dreißig noch relativ jung, aber der liebe Gott hat mir zum Glück außer einem bisschen Verstand noch eine recht gute Menschenkenntnis in die Wiege gelegt. Daher bin ich mir sicher, dass wir beide gut zusammenarbeiten werden. Ich freue mich jedenfalls darauf, Frau Horst. So, und jetzt sollten Sie sich auf den Weg nach Neunkirchen machen. Morgen Vormittag gegen zehn Uhr komme ich mal in Ihrem Büro in der Falkenstraße vorbei. Ich möchte mich selbst gerne vergewissern, dass Sie dort auch gut untergebracht sind. Ist das okay?"

„Prima! Und falls Sie ein bisschen mehr Zeit mitbringen können, lade ich Sie anschließend noch auf einen Kaffee ins Homeoffice bei mir Zuhause ein, damit Sie sich auch davon einen Eindruck verschaffen können."

„Liebend gerne" erwiderte er, „also dann bis morgen um zehn."

Ich machte mich anschließend gleich auf den Weg nach Neunkirchen. Irgendwie hatte ich ein gutes Gefühl, nicht nur, weil mir Herr Beckmann auf Anhieb sympathisch war, sondern auch, weil er meinen ursprünglichen Verdacht, dass es sich bei meiner Versetzung lediglich um die Lösung eines leidigen Entsorgungsproblems handeln könnte, tatsächlich zu entkräften vermochte. Und ich schämte mich auch ein bisschen dafür, als erfahrene Kriminalistin Martin und den Vizepräsidenten diesbezüglich so amateurhaft unter falschen Verdacht gestellt zu haben.

Klein, aber fein

Mein neues Büro in der Falkenstraße, das ich am nächsten Morgen in Augenschein nahm, war alles andere als geräumig. Zudem würde ich es ab und an mit einem der Kommissaranwärter teilen müssen, wenn die in ihrer studienfreien Zeit in der Polizeiinspektion ihren Dienst verrichten mussten. Aus meiner Sicht aber kein Problem, denn das Meiste würde ich ohnehin von zu Hause aus erledigen können. Gegen die Büroausstattung und die Lage des Büros auf der Vorderseite des Gebäudes, die mir immerhin einen ungehinderten Blick aus dem Fenster gestattete, war ebenfalls nichts einzuwenden. Auch den Weg ins Büro konnte ich trotz meines Handicaps bequem in weniger als zehn Minuten zu Fuß zurücklegen.

Pünktlich um zehn Uhr stand mein neuer Chef vor meiner Tür. „Na ja, ein bisschen größer hätte Ihr Büro schon sein können. Mal sehen, ob sich da noch etwas für Sie verbessern lässt", sagte er.

„Vielen Dank, aber das möchte ich wirklich nicht. Hier mangelt es ohnehin an Platz und ich bin ja nur als eine Art Untermieter untergebracht. Außerdem werde ich die meiste Zeit unterwegs sein oder von zu Hause aus agieren. Im Wesentlichen werde ich das Büro sicherlich nur für Zugriffe auf die Server in Saarbrücken, für Videokonferenzen und für Schreibarbeiten, Aktenablage und so weiter nutzen. Telefonieren und nachdenken kann ich genau so gut von zu Hause aus."

„Na schön, wenn Sie zufrieden damit sind, dann lassen wir es dabei." Sein Blick fiel aus dem Fenster. „Sagen Sie mal, was ist denn das für eine Baustelle in der Parkanlage gegenüber?"

„Hier entsteht ein neuer Kindergarten", erwiderte ich.

„Ein Kindergarten, direkt hier vor der Polizeiinspektion?"

„Nicht nur das. Dem neuen Kinderhort schließt sich auch etwas weiter rechts das Gebäude unserer Feuerwehr mit dem Standort für Rettungswagen an."

„Oha! Gibt es denn dafür einen besonderen Grund? Ich meine, dann dürfte doch hier eigentlich immer einiges los sein. Die Martinshörner sprechen wohl kaum für eine besonders verkehrs- und lärmberuhigte Zone."

Ich musste unwillkürlich grinsen. „Na ja, die Kinder lieben doch Feuerwehr- und Polizeiautos mit viel Tatü tata, nicht wahr?", fiel mir spontan ein.

„Damit haben Sie natürlich Recht, Frau Horst. Kompliment an Ihre Stadtväter, die offenbar an alles denken", erwiderte er trocken und unterdrückte mühsam ein Grinsen dabei. „Nun denn, ich habe Ihnen als ersten Ermittlungsauftrag etwas in jeder Beziehung Besonderes ausgesucht. Es handelt sich sogar um ein Heimspiel für Sie, denn die Fälle haben sich Anfang der Neunziger Jahre hier in Neunkirchen abgespielt. Innerhalb kurzer Zeit sind hier insgesamt fünf Personen auf ebenso rätselhafte wie spurlose Art und Weise verschwunden. Die damaligen Ermittlungen haben leider nichts Verwertbares ergeben und wurden irgendwann ad acta gelegt. Und das nagt offenbar noch heute an unserem Polizeipräsidenten, der damals als blutjunger Kommissar hier in Neunkirchen stationiert war. Er hatte dem Vizepräsidenten diesen Fall wohl geschildert und der möchte dem Alten spätestens bei seiner Pensionierung nächstes Jahr als Abschiedsgeschenk liebend gerne einen entsprechenden Ermittlungserfolg auf dem Silbernen Tablett servieren. Ein höchst interessanter Fall, aber auch ein verdammt schwerer Brocken für Sie, wie mir scheint. Versuchen Sie es aus vorgenannten Gründen bitte trotzdem mal für den Anfang damit, und wenn sich nach, sagen wir nach maximal vier bis sechs Wochen, noch immer keine Anhaltspunkte ergeben sollten, dann legen wir den Fall für alle Zeiten auf Eis. Ich habe Ihnen die alten Ermittlungsakten mitgebracht, denn meines Wissens wurden derartige Altfälle auch nicht nachträglich elektronisch erfasst und abgespeichert. Bevor ich´s vergesse, damals wurden natürlich auch mögliche Verbindungen zwischen diesen Fällen untersucht, was ja sehr nahe liegend erscheint. Aber diesbezüglich haben sich keinerlei Anhaltspunkte ergeben.“

Ich warf nur einen flüchtigen Blick in die abgegriffenen Leitzordner. „Ich glaube, ich erinnere mich jetzt wieder dunkel daran. Ich war zu der Zeit noch auf dem Gymnasium hier am Steinwald. Die Kriminalfälle hatten damals sogar überregionales Aufsehen erregt. Aber irgendwann hat man nichts mehr davon gehört und gelesen. Vielen Dank für die Unterlagen, die ich mir in aller Ruhe zu Hause zu Gemüte führen werde. Mal sehen, ob sich nach so vielen Jahren nicht doch noch irgendwo Ansatzpunkte finden lassen. Übrigens wartet bei mir zu Hause noch ein Mokkakaffee auf Sie, wenn Sie mögen."

„Aber ja doch, ich liebe Mokkakaffee, Frau Horst", erwiderte er, nahm mir die Akten wieder ab und bot mir seinen Arm zum Einhaken an. „Ich denke, wir sollten ihn auf keinen Fall kalt werden lassen."

Nachdem ich ihm das Haus und den Garten mit all den Tieren gezeigt hatte, sagte er: „Da haben Sie aber eine ganze Menge Arbeit am Hut. Ich hoffe wenigstens, dass Sie nicht alles alleine machen müssen und zumindest ab und an auch etwas Zeit finden, um sich mit Ihrem ersten Cold Case-Fall zu beschäftigen."

„Keine Sorge, mein verstorbener Mann war zwölf Jahre bei der Bundeswehr, bevor er sich als Versicherungsmakler selbstständig gemacht hat. Und ein beliebter Wahlspruch seiner Vorgesetzten beim Bund, wenn er sich wegen Arbeitsüberlastung zu beschweren versuchte, war: ´Der Tag hat vierundzwanzig Stunden, und wenn das nicht reicht, dann nehmen Sie halt noch die Nacht dazu!` So habe ich es mir jedenfalls von ihm erzählen lassen."

„Ein hervorragender Wahlspruch, dem auch meinerseits nicht das Geringste hinzuzufügen

ist!", ergänzte mein neuer Chef schelmisch lä-
chelnd und verabschiedete sich kurz darauf in
Richtung Saarbrücken.

Aktenstudium

Nachdem er gegangen war, kümmerte ich mich zuerst um die Tiere. Der Hühnerstall musste ausgemistet, die gelegten Eier eingesammelt und die Hühner gefüttert werden. Auch die Katzen strichen mir schnurrend um die Beine und verlangten ihr Recht. Sogar Agathe, die ewig schnatternde Graugans, die Björn abgöttisch geliebt und mich zu seinen Lebzeiten offenbar als unerwünschte Nebenbuhlerin völlig ignorierte und zuweilen sogar ins Bein zu picken versucht hatte, wenn ich meinem Mann in ihrem Beisein zu nahe kam, hatte ihren Frieden mit mir gemacht und ließ sich von mir streicheln. Früher hatte ich mich eigentlich kaum um die Tiere gekümmert. Es waren Björns geliebte Kinder, nicht meine, und er verwöhnte sie über alle Maßen. Er konnte sich stundenlang mit ihnen beschäftigen, während mir meine Zeit dafür einfach zu schade war. Wir beide hatten selbst keine Kinder, weil ich der Karriere wegen bewusst darauf verzichtete, obwohl er gerne eigene Kinder gehabt hätte und sicherlich ein wunderbarer Vater für sie gewesen wäre. Doch damals verschwendete ich mit solchen Gedanken keine Zeit. Und jetzt ...? Es hatte sich so viel in meinem Leben verändert seit dem Unfall und Björns Tod. Aus der Karrierefrau und eher nordisch kühlen Oberkommissarin Nora Horst war eine völlig andere geworden, eine Frau, die sehr stark unter dem Verlust ihres Mannes litt und die, verbunden mit der Nahtoderfahrung, seither eine völlig andere Sichtweise auf das Leben an den Tag legte. Eine Frau, die plötzlich in der Lage war, Empathie und Warmherzigkeit anderen gegenüber zu empfinden, auch Björns Kindern gegenüber, die jetzt meine Kinder waren. Sie spürten das ganz genau und schenkten mir jeden Tag mehr die Liebe, die sie früher nur Björn zukommen ließen. Ich genoss es jedenfalls sehr, jetzt ihre Mama zu sein.

Als ich mit der Arbeit im Garten fertig war, ging ich ins Haus zurück. Agathe watschelte mir laut schnatternd hinterher und begehrte Einlass in die gute Stube. Mit Björn hatte ich deswegen immer geschimpft, weil er sie während meiner Abwesenheit klammheimlich mit in sein Büro genommen hatte, wo sie sich gerne unter den Schreibtisch legte und von ihm streicheln ließ. Offenbar wollte sie mir jetzt diese Ehre zuteil werden lassen und ließ sich partout nicht abweisen, bis ich schließlich entnervt nachgab, was sie mit sichtlich zufriedenem Schnattern kommentierte. So machte ich mich also ans Aktenstudium, wobei ich mir die älteste der fünf Akten griff und lesender Weise eine Zeitreise von über dreißig Jahren zurück in die Vergangenheit machte.

Die erste der fünf spurlos Verschollenen hieß Hilde Lauer und wurde im Juni 1991 von ihrem Vermieter als vermisst gemeldet. Sie war damals zweiundsiebzig Jahre alt und verwitwet. Kinder hatte sie keine und lebte alleine in einer kleinen Mietwohnung in der Irrgartenstraße. Die damaligen Ermittler hatten den Vermieter, ein paar Nachbarn, eine alte Freundin sowie einen älteren Bruder und eine jüngere Schwester der Verschollenen, die alle ganz in ihrer Nähe wohnten, ohne Ergebnis vernommen. Die Frau führte offenbar ein völlig unauffälliges und zurückgezogenes Leben. Keiner der Befragten hatte eine Erklärung für ihr plötzliches Verschwinden oder eine Vorstellung davon, wohin sie sich möglicherweise abgesetzt haben könnte. Auch eine öffentliche Vermisstensuche über die regionalen Medien blieb erfolglos, sodass der Fall schließlich ungelöst zu den Akten gelegt wurde.

Etwa ein Jahr später wurde die damals achtundsechzigjährige Petra Woll als vermisst gemeldet, ein paar Jahre nachdem ihr Mann verstorben war. Die Wolls wohnten damals in der Schwebelstraße. Auch ihre Verwandten und Bekannten konnten bei den Vernehmungen offenbar keinerlei verwertbare Angaben machen.

Noch im gleichen Jahr verschwand der damals dreiundachtzigjährige Wolfgang Gerber, der alleine in einem kleinen Haus in der Hohlstraße gelebt hatte, spurlos. Er hatte seinerzeit überhaupt keine Verwandten mehr und offenbar auch keine Freunde oder Bekannte. Nachbarn gaben an, dass der Alte sehr menschenscheu war und man ihn nur außer Haus zu sehen bekam, wenn er etwas zu erledigen hatte oder Einkäufe tätigte.

Im Frühjahr 1993 wurde die damals neunundfünfzigjährige Elfriede Schmidt von einer Bekannten als vermisst gemeldet, die der offenbar kranken Frau im Haushalt aushalf. Die Witwe hatte zwei Kinder, die aber schon lange außerhalb des Saarlandes wohnten und angabegemäß seit Jahren keinen Kontakt mehr zu ihrer Mutter hatten. Auch sie hatten keinerlei Erklärung für das plötzliche Verschwinden ihrer Mutter, die damals in der oberen Hälfte der Hüttenbergstraße, schräg gegenüber der Marienkirche, wohnte. Auch die damals befragten Nachbarn konnten nichts für die Ermittlungen Verwertbares beisteuern.

Im August 1993 schließlich verschwand der dreiundsechzigjährige Edgar Bethscheider als Letzter spurlos. Auch er wohnte alleine in der Langenstrichstraße. Seine geschiedene Frau hatte schon seit Jahren keinen Kontakt mehr zu ihm, ebenso wie ihr gemeinsamer Sohn, der seinen Vater als versoffenen Schwachkopf tituliert hatte. Sie konnten sich sein Verschwinden daher auch nicht erklären. Die Ehefrau des Bäckermeisters in unmittelbarer Nähe, bei der er seine täglichen Einkäufe machte, gab an, dass Herr Bethscheider oft unter Schmerzen gelitten haben musste, was man ihm deutlich angesehen habe. Auch dieser Fall wurde etwa ein halbes Jahr nach einer öffentlichen Vermisstenanzeige ohne verwertbare Ermittlungsergebnisse zu den Akten gelegt, die auch ich, fast dreißig Jahre später, völlig übermüdet vom vielen Lesen zuklappte.

Es war schon kurz nach Mitternacht, als ich ins Bett ging, ohne jedoch einschlafen zu können. Das, was die alten Akten hergaben, war letztlich herzlich wenig. Mir blieb wohl nichts anderes übrig, als wieder ganz von vorne anzufangen, aber wo und bei wem, falls sich nach so langer Zeit überhaupt noch jemand finden würde, der die

Vermissten gekannt hatte und mir Auskunft geben könnte? Grübelnd wälzte ich mich im Bett hin und her, bis ich mich irgendwann schließlich doch noch ins Traumland verabschieden konnte.

Sackgasse

Gleich nach dem Frühstück am nächsten Morgen versorgte ich zuerst die Tiere und überflog dann noch einmal die Ermittlungsakten und die von mir dazu gemachten Notizen. Mit dem Fall Wolfgang Gerber, dem ältesten der fünf Vermissten, wollte ich beginnen und fuhr zu der angegebenen Adresse in der Hohlstraße. Doch das alte Haus stand schon lange nicht mehr an Ort und Stelle, weil es vor etwa zwanzig Jahren einem größeren Neubau weichen musste. Keiner der dortigen Anwohner konnte etwas mit dem Namen des alten Herrn anfangen. Auch die obligatorische Nachfrage beim Einwohnermeldeamt nach den ehemaligen Nachbarn ergab nicht das Geringste, weil alle entweder verstorben oder unbekannt verzogen waren. Offenbar war ich gleich beim ersten Versuch in einer Sackgasse gelandet und bekam statt eines erhofften Anschubs einen or-

dentlichen Dämpfer verpasst. *Das fängt ja gut an,*
Frau Oberkommissarin, ging mir spontan durch
den Kopf, als ich das Einwohnermeldeamt wieder
verließ. Da ich in Zukunft sicherlich öfter mit
dieser Behörde zu tun haben würde, hatte ich es
vorgezogen, zumindest beim ersten Mal dort persönlich zu erscheinen und mich dem Amtsleiter
vorzustellen. Dass es ein alter Klassenkamerad
aus gemeinsamen Schultagen war, überraschte
uns beide gleichermaßen. Es würde mir bei künftigen Fällen sicherlich zugute kommen.

„Lange nicht gesehen, Nora. Ich wusste ja gar
nicht, dass du hier in Neunkirchen aktiv bist",
begrüßte mich Albert. „Melde dich in künftigen
Fällen am besten telefonisch direkt bei mir. Ich
sorge dann dafür, dass dir die notwendigen Aus-
künfte möglichst schnell vermittelt werden. Ich
sehe ja, dass du gehandicapt bist. Lass mir einfach deine Adresse und deine Telefonnummer da.
Wie ist das eigentlich passiert?", fragte er auf
meinen Gehstock deutend.

„Ein Autounfall, aber das erzähle ich dir ein
anderes Mal, weil ich gleich noch einen Termin
habe", log ich. „Ich fürchte allerdings, dass ich
euch in nächster Zeit noch häufiger kontaktieren
muss."

„Kein Problem, Nora, dafür werden wir ja mehr schlecht als recht bezahlt."

„Das Problem kenne ich nur zu gut. Nochmals vielen Dank für dein freundliches Angebot, Albert", verabschiedete ich mich und ging nach Hause.

Zuerst dachte ich daran, meinem neuen Chef gleich über das negative Ergebnis im Vermisstenfall Gerber zu informieren. Schließlich hatten wir auch vereinbart, dass ich ihn stets sofort über entsprechende Ermittlungsergebnisse, auch über negative, informieren sollte, doch irgendwas hielt mich instinktiv davon ab, ohne dass ich eine Erklärung dafür hatte. Ich hatte mir im Laufe der Jahre eigentlich angewöhnt, mit nichts hinterm Berg zu halten und war immer gut damit gefahren. Dass ich diesmal meinem Vorsatz untreu wurde, sollte sich allerdings erst eine ganze Weile später doch noch als richtig erweisen.

Misserfolge hatten mich schon immer deprimiert und mir für kurze Zeit jede Motivation geraubt. Auch diesmal ging es mir so. Ich hatte seit über einem Jahr eigentlich nur Kummer, Sorgen und Rückschläge erlebt und fühlte mich irgendwie leer und ausgebrannt. Auch die Tiere, die ich zum Füttern im Garten aufsuchte, schienen das zu bemerken. Jedenfalls strichen mir Luzy, Nicky und Kater Felix schnurrend um die Beine und forderten ihre Streicheleinheiten, was der merklich eifersüchtigen Agathe überhaupt nicht gefiel, worauf sie die Stubentiger laut schnatternd und flügelschlagend zu vertreiben versuchte. „Lass gut sein, Agathe", sagte ich zu ihr und nahm das aufgeregte Federvieh auf den Arm, genau so, wie es Björn früher immer gemacht hatte, um sie zu beruhigen. Dabei beteuerte er ihr stets, dass sie doch die beste und schönste Gans weit und breit sei, was der Gänsedame sichtlich gefiel und sie sich dabei förmlich an ihn schmiegte. Ich hatte mir früher immer einen Spaß daraus gemacht, Agathe daraufhin ein bisschen zu ärgern mit der Bemerkung: „Oh nein, sie ist nicht die beste und schönste, sondern die dümmste Gans weit und breit", was Agathe offenbar zu verstehen schien und mich auf Björns Arm laut schnatternd beschimpfte. Die Erinnerungen an diese wunderschöne Zeit, die ich damals überhaupt nicht richtig zu schätzen wusste, wie mir schlagartig bewusst wurde, übermannten mich wieder einmal. Ein paar Tränen suchten sich über meine Wangen ihren Weg in Agathes Federkleid, die sich genau so sanft an mich anschmiegte wie früher an Björn. Während ich Agathe ein bisschen streichelte, gingen mir viele Erinnerungen an ihn durch den Kopf. Plötzlich überkam mich ein Gefühl, als würde er mich zärtlich umarmen. Ein paar Sekunden gelang es mir sogar, dieses Gefühl zu genießen, doch dann siegte leider wieder die Vernunft. „Du spinnst, Nora, da ist weit und breit niemand zu sehen. Geh lieber wieder ins Haus zurück, denn die Hausarbeit macht sich auch nicht von alleine", murmelte ich kopfschüttelnd, setzte Agathe auf dem Boden ab und machte mich an die Arbeit.

Auf ein Neues

Als Nächstes nahm ich mir den Fall Hilde Lauer vor. Im Haus in der Irrgartenstraße, wo sie gewohnt hatte, konnte sich zwar noch eine Bewohnerin an sie erinnern, die damals aber noch ein Kind war und nur noch zu erzählen wusste, dass ihr die Oma Hilde, wie sie sie damals nannte, hin und wieder ein paar Bonbons oder ein Stück Schokolade geschenkt hatte. Zum Glück konnte sie mir aber die Adresse der jüngeren Schwester von Frau Lauer geben, die ich in ihrer kleinen Eigentumswohnung am Gutshof in Furpach aufsuchte. Auch sie war mittlerweile schon über Neunzig und machte einen etwas dementen Eindruck auf mich.

„Ja ja, die Hilde", sagte sie, „die war ja viel älter als ich und hat sich mehr um mich gekümmert als unsere Mutter. Aber die Hilde war oft krank und hat sich immer über irgendwelche Schmerzen beklagt. Was ist denn mit ihr?"

Offenbar wusste die verwirrte alte Dame nicht mehr, dass ihre Schwester schon seit langer Zeit vermisst war. Da ich sie mit weiteren Fragen, die ohnehin nichts bringen würden, nicht noch mehr belasten wollte, verabschiedete ich mich gleich wieder von ihr und fuhr nach Hause.

Ich hatte seit Björns Tod die Angewohnheit, wann immer ich alleine war oder mich unbeobachtet fühlte, mit ihm zu reden, was natürlich nur ein Monolog meinerseits war. Es half mir aber zumindest über meine Einsamkeit hinweg, genau so wie die Gespräche mit den Tieren, die sie immerhin mit einem Gackern, einem Schnattern oder einem Miauen und Schnurren erwiderten. Doch auch auf die Gespräche mit Björn, in denen ich ihm meine Sorgen, Probleme und Nöte schilderte, erhielt ich Reaktionen, die mir ein Gefühl tiefer Verbundenheit mit ihm vermittelten und mir zuweilen auch einen Geistesblitz zur Lösung anstehender Probleme vermittelten. „Was macht das alles für einen Sinn, mich ebenso mühsam wie erfolglos mit solchen Fällen zu beschäftigen, die letztlich doch keinen mehr interessieren? Glaubst du wirklich, dass das einen Sinn macht, Björn?", murmelte ich hinter dem Lenkrad vor mich hin, worauf mir gleich darauf von selbst einfiel, dass es durchaus wichtig sei, auch hier Licht ins Dunkel zu bringen, um zu erfahren, wer oder was der Grund für das Verschwinden dieser Menschen war, auch um ähnliche Fälle in Zukunft vermeiden zu können. „Also gut, Björn, ich habe verstanden und mache natürlich weiter", gab ich mir selbst die Antwort. „Du könntest mir aber wenigstens ein bisschen dabei helfen und mir hin und wieder ein Zeichen schicken", schob ich spontan nach, während mein Blick auf die Werbeanzeige eines bekannten Juweliergeschäftes auf einer großen Reklametafel an der Straßenseite fiel. Das überdimensionale Foto eines Mann war darauf zu sehen, der seiner Angebeteten eine wunderschöne Goldkette um den Hals legte: „I do it only for you, Darling!", stand darunter geschrieben.

Na, wenn das kein gutes Zeichen von ihm ist, dann weiß ich es auch nicht, schoss mir spontan durch den Kopf, worüber ich unwillkürlich lachen musste. Dass es bei weitem nicht nur bei diesem Zeichen bleiben würde, konnte ich zu diesem Zeitpunkt noch nicht ahnen.

Aller guten Dinge sind drei

Mit diesen Gedanken griff ich mir noch am gleichen Tag die Vermisstenakte Petra Woll, die ich mir auf der kleinen Terrasse hinter dem Haus noch einmal in aller Ruhe zu Gemüte führen wollte. Kaum hatte ich es mir im Liegestuhl ein bisschen bequem gemacht, war ich von einer tierischen Meute umzingelt, die alle gleichzeitig auf meinen Schoß und gestreichelt werden wollten. Erst nach einer halben Stunde gaben sie sich zufrieden.

Es war zwar zu befürchten, dass ich an Frau Wolls damaligen Wohnort in der Schwebelstraße nach so langer Zeit nichts Neues erfahren würde, aber was blieb mir anderes übrig, als auch dort mein Glück zu versuchen. Für heute war es aber schon zu spät. Gleich am nächsten Morgen ging ich das kurze Stück zu Fuß dorthin. Als ich suchend vor der Haustür stand und die kaum lesbaren Namen an den Türklingeln zu entziffern versuchte, wurde die Tür von innen geöffnet. Eine

Frau in den Fünfzigern stand vor mir mit einem Putzeimer in der Hand, den sie vor der Tür im Rinnstein ausleeren wollte.

Sie musterte mich von oben bis unten und fragte: „Suchen Sie jemand?

„Ja, mein Name ist Nora Horst und im Rahmen einer polizeilichen Ermittlung möchte ich gerne …"

„Warten Sie bitte einen Moment", unterbrach sie mich, ging an mir vorbei und leerte den Eimer aus. Dann wischte sie sich die feuchten Hände an ihrer verwaschenen Jogginghose ab und streckte mir die rechte zur Begrüßung entgegen. „Ich heiße Monika, Monika Schneider, aber Sie können ruhig Moni zu mir sagen. Alle hier nennen mich so."

„Vielen Dank, Monika", erwiderte ich. „Wohnen Sie schon länger hier?"

Sie nickte. „Und ob, ich bin hier vor über fünfzig Jahren auf die Welt gekommen, dort oben im ersten Stock", sagte sie, zog mich zurück auf den Bürgersteig und zeigte nach oben. „Sehen Sie das dritte Fenster von links? Dass war das Schlafzimmer meiner Eltern und dort bin ich reingetreten in dieses Scheißleben. Und nach dem Tod meiner Eltern habe ich mich von meinem Mann getrennt, ein Säufer und Faulenzer, der den ganzen Tag auf der faulen Haut gelegen hat und sich von mir bedienen ließ. Als Putzfrau habe ich zudem noch mühsam Geld verdienen müssen, weil der feine Herr dazu nicht die geringste Lust hatte. Und das sauer verdiente Geld hat er dann versoffen und verhurt, dieser Dreckskerl. Wir hatten ein paar Häuser weiter unten eine kleine Wohnung. Zum Glück wenigstens keine Kinder, sodass ich ihn eines Tages einfach alleine sitzen ließ und wieder hierher gezogen bin. Irgendwann hat er sich totgesoffen, der Mistkerl." Sie schnaufte vor Aufregung förmlich bei diesen Worten.

„Das tut mir sehr leid", nutzte ich ihre Verschnaufpause, weil ich befürchtete, dass sie mir gleich noch ihre ganze Lebensgeschichte erzählen würde. „Ich habe leider wenig Zeit und suche jemand, der mir eventuell Auskunft über eine Frau Petra Woll geben kann, die vor über dreißig Jahren hier gewohnt hat und eines Tages spurlos verschwunden ist."

„Dann sind sie bei mir aber goldrichtig. Ich bin ja hier im Haus aufgewachsen und war oft bei Tante Petra ein Stockwerk höher. Sie hatte selbst auch eine Tochter, die nur ein Jahr älter war als ich. Wir waren Freundinnen, bis sie …", sie schaute mich mit Tränen in den Augen an und fuhr dann fort: „Ja, bis sie eines Tages hier vor der Haustür von einem Auto überfahren wurde und gestorben ist. Ich kann Ihnen sagen …"

„Warten Sie bitte einen Moment", unterbrach ich sie. „Können wir uns vielleicht irgendwo in aller Ruhe darüber unterhalten. Hier zwischen Tür und Angel ist sicherlich nicht der richtige Ort. Außerdem möchte ich mir gerne ein paar Notizen machen."

„Aber klar doch. Gehen Sie einfach mit rauf zu mir in die Wohnung, aber geputzt ist dort noch nicht."

„Keine Sorge, ich bin nicht vom Gesundheitsamt, Frau Schneider."

„Nee, nicht so förmlich, einfach Moni", erwiderte sie, stapfte die ausgetretene Holztreppe mit dem Putzeimer in der Hand hoch und winkte mir, ihr zu folgen.

„Die Dreizimmerwohnung war mit alten Möbeln, die wohl noch von ihren verstorbenen Eltern stammten, im Stil der Fünfziger Jahre eingerichtet. Vergilbte Blümchentapeten an den Wänden und billige Filzteppiche auf dem Boden. In der Küche bot sie mir einen Platz am Küchentisch an, wobei sie mit dem Ellenbogen hastig ein paar Brotkrümel vom Tisch wischte. Auf einer Spüle stapelte sich schmutziges Geschirr. Sie musste meine skeptischen Blicke bemerkt haben und sagte fast entschuldigend: „Ich mache morgens immer zuerst das Treppenhaus sauber, weil dann die meisten Bewohner aus dem Haus sind und mir nicht durchs frisch Geputzte latschen. Erst später kommt die Wohnung dran, und ´ne Geschirrspülmaschine kann ich mir nicht leisten. Wollen Sie auch einen Kaffee?"

„Nein danke, ich habe eben erst gefrühstückt", log ich, weil ich beim besten Willen hier kein Geschirr anrühren wollte. „Erzählen Sie mir doch bitte das, was Sie von Frau Woll so wissen."

„Oh Gott, das ist eine ganze Menge. Wo soll ich anfangen? Na ja, Tante Petra, also Frau Woll, hat auch ihr ganzes Leben hier gewohnt. Das ist hier im Schwebel durchaus nichts Ungewöhnliches. Wir sind eine verschworene Gemeinschaft, wo jeder dem anderen hilft und niemand hier ohne Not wegziehen würde. So war es jedenfalls früher, aber heute …" Sie winkte verächtlich ab. „Jedenfalls waren Anni, so hieß ihre Tochter, und ich fast wie Geschwister, bis der Unfall passierte. Tante Petra hat es schon damals fast das Herz gebrochen, auch ihrem Mann, der zwei Jahre später tatsächlich vor Kummer gestorben ist. Und seitdem habe ich mich ein bisschen um sie gekümmert. Sie war glücklich darüber, vielleicht weil ich auch eine Art Ersatz für die Anni war. Irgendwann ist sie schwer krank geworden. Krebs, ich weiß aber nicht genau, was für eine Art von Krebs. Sie wurde jedenfalls zweimal operiert und bekam auch Bestrahlungen, aber geholfen hat es immer nur für kurze Zeit. Sie hat wohl auch noch ab und zu einen Heilpraktiker besucht. Eines Tages kam sie dann leichenblass von einer Untersuchung aus dem Krankenhaus zurück. ´Der Krebs hat weiter gestreut, Moni, die wollen mich noch mal operieren`, hat sie gesagt. ´Aber das mache ich nicht mehr mit. Ich will und kann einfach nicht mehr und ich will auch nicht mehr länger leben.`

´Aber wenn es doch sein muss, Tante Petra`, habe ich sie umzustimmen versucht, aber sie hat nur den Kopf geschüttelt.

´Nein, ich werde jetzt einen anderen Weg gehen`, hat sie erwidert.

Als ich sie gefragt habe, was sie damit meint, hat sie mich in die Arme genommen und gesagt: ´Das kann ich dir nicht sagen und das würdest du auch nicht verstehen, mein Kind. Aber wenn ich mal nicht mehr da bin, dann sollst du alle Sachen von der Anni bekommen. Ich habe sie für dich in einer Kiste im Schlafzimmer aufgehoben.`

Sie war ganz merkwürdig an diesem Tag, gerade so, als wollte sie sich von mir verabschieden. Tja, und zwei Tage später war sie dann spurlos verschwunden."

„Und sie hat Ihnen nicht verraten, was sie vorhatte? Vielleicht, ob sie verreisen wollte?"

„Nein, nichts."

„Fällt Ihnen vielleicht sonst noch etwas Wichtiges ein, Frau Schneider?"

Sie schüttelte den Kopf.

„Also gut, dann bedanke ich mich sehr für die Auskunft. Ich lasse Ihnen mal meine Telefonnummer da, falls Ihnen noch etwas einfallen sollte. Es kann auch sein, dass ich mich selbst noch einmal bei Ihnen zwecks weiterer Fragen melden werde", sagte ich und verließ die Wohnung. Auf dem Heimweg schossen mir tausend Gedanken durch den Kopf. *Ob sie sich vielleicht umgebracht hat? Aber wo und wie? Aber dann hätte man doch irgendwann irgendwo ihre Leiche entdecken müssen? Und wieso stand in den Ermittlungsakten nichts darüber?* Fragen über Fragen, auf die ich einfach keine vernünftige Antwort fand.

Vierter Anlauf

Mit der Akte der vermissten Elfriede Schmidt machte ich mich am nächsten Morgen auf den Weg in die Hüttenbergstraße. Im Haus gab es noch einen Mieter, der ein alter Freund von Frau Schmidt war und mir die Telefonnummern der beiden Töchter und auch die Adresse der Bekannten gab, die ihr damals im Haushalt geholfen hatte. Sie hieß Schuler mit Nachnamen und wohnte zum Glück ganz in der Nähe im großen Eckhaus Marienstraße-Hüttenberg, sodass ich sie gleich im Anschluss dort aufsuchen wollte. Der Freund von Frau Schmidt erklärte mir, dass er ein Schulkamerad vom verstorbenen Herrn Schmidt sei und sich nach dessen Tod ein bisschen um sie gekümmert habe.

„Aber sie hat den Tod ihres Mannes nicht verkraftet und jeden Lebensmut verloren. Obwohl sie es am Herzen hatte und jeden Tag depressiver wurde, ist sie einfach nicht zum Arzt gegangen, trotzdem ich sie immer wieder dazu gedrängt habe. Sie hat den ganzen Tag in ihrem Sessel am Fenster gesessen und vor sich hin gestarrt. Nur selten konnte ich sie zu einem Spaziergang bewegen und dann hat sie sich gleich danach wieder in ihren Sessel verkrochen. Als ich sie eines Tages wieder in ihrer Wohnung aufsuchte, war die Wohnungstür erstaunlicherweise nicht verschlossen, während sie sonst immer alles doppelt verriegelt hat. Als ich sie in der Wohnung suchte, fand ich nur einen Zettel, der an mich gerichtet war. *Ich bin für einige Zeit weg*, stand darauf geschrieben und *Kümmere dich bitte um meine Blumen*. Obwohl es mir schon gleich sehr merkwürdig vorkam, habe ich es einfach so hingenommen. Aber nach drei Tagen hielt ich es schließlich nicht länger aus und rief ihre beiden Töchter an. Die eine wohnt in Oppau und die andere irgendwo in einem kleinen Ort in Hessen. Den Namen habe ich zwar vergessen, aber die Telefonnummern haben Sie ja wenigstens von mir. Die beiden konnten sich ebenfalls keinen Reim auf das Verschwinden ihrer Mutter machen, zu der sie allerdings auch schon seit Jahren keinen Kontakt mehr hatten. Daraufhin habe ich dann eine Vermisstenanzeige bei der Polizei aufgegeben. Damals bin ich auch befragt worden, aber denen konnte ich auch nicht mehr sagen als Ihnen heute."

„Vielen Dank, Herr …? Entschuldigen Sie bitte, aber jetzt habe ich Ihren Namen vergessen."

„Obermann, Peter Obermann", erwiderte der betagte Herr und machte dabei den Ansatz einer leichten Verbeugung. „Ich hoffe, Sie finden Sie endlich, nach so langer Zeit. Ansonsten müssten Sie beim lieben Gott mal nachfragen, ob sie schon bei ihm ist."

„Das wäre natürlich das Beste, aber dazu fehlt mir leider die Verbindung."

Er schmunzelte. „Es wird ja wohl nicht mehr allzu lange dauern, bis auch ich dort oben ankomme. Ich gebe Ihnen dann ein Zeichen, wenn ich sie dort gefunden habe."

„Das Angebot nehme ich gerne an, aber Sie sollten zuvor noch möglichst viele schöne Jahre hier unten genießen."

Er sah mich kopfschüttelnd an und erwiderte: „Schöne Jahre genießen? Das ist vorbei. Ich bin fast Neunzig. Ich höre schlecht und sehe selbst mit Brille nichts mehr klar. Ich habe längst keine Freunde und auch keine Verwandten mehr. Ich fühle mich fast so wie der letzte Mohikaner und möchte lieber heute als morgen in die Ewigen Jagdgründe einziehen, wenn Sie verstehen, was ich meine."

„Ja, das verstehe ich gut. Alles Gute für Sie, Herr Obermann."

Nachdem ich mich von ihm verabschiedet hatte begab ich mich zum Eckhaus, das nur knapp hundert Meter den Hüttenberg hinunter in ein paar Minuten zu erreichen war, obwohl mein Hüftgelenk stark schmerzte und ich am liebsten gleich nach Hause gegangen wäre. Zum Glück war Frau Schuler zu Hause und bot mir gleich etwas zu trinken an.

„Ich sehe, Sie haben Schmerzen. Soll ich Ihnen eine Tablette geben?", fragte sie.

„Nein danke, das geht schon. Ich komme von der Kripo und möchte Ihnen ein paar Fragen stellen zu Frau Elfriede Schmidt, die Sie Anfang der Neunziger ein bisschen betreut haben, wie aus der Ermittlungsakte zu entnehmen war."

„Oh Gott, nach so langer Zeit. Hat man sie etwa gefunden?"

Ich schüttelte den Kopf.

„Aber warum …? Ich meine, was macht das jetzt noch für einen Sinn?"

„Na ja, die Polizei möchte diesen Fall gerne noch einmal aufrollen und wir hoffen, dass wir von Ihnen vielleicht noch ein paar Anhaltspunkte für weitere Ermittlungen bekommen."

„Oh je, ich glaube, da kann ich Ihnen nicht weiterhelfen."

„Wir werden sehen. Ich stelle Ihnen jetzt einfach mal ein paar Fragen. Haben Sie vielleicht eine Erklärung für ihr mysteriöses Verschwinden 1993? Wollte Sie vielleicht Freunde, Verwandte oder Bekannte besuchen?"

„Nein, das kann man ausschließen. Sie lebte völlig zurückgezogen und hatte schon lange keinen Kontakt mehr zu ihren beiden Töchtern. Die wollten auch nichts von ihr wissen, was ich so mitbekommen habe. Sie war ein schwieriger und verstockter Mensch, wenn ich sie beschreiben sollte. Ich habe ihr zweimal in der Woche den Haushalt gemacht und bin auch für sie einkaufen gegangen. Wir haben wenig miteinander gesprochen, aber sie hat mich nicht schlecht bezahlt, sonst hätte ich mich auch nicht so lange um sie gekümmert. Sie litt sehr unter ihrer Einsamkeit, aber sie war ja auch selbst schuld daran, zum Teil wenigstens. Und sie hatte starke Herzbeschwerden, aber sie ist deswegen nie zum Arzt gegangen, nur zu einem Bekannten, der Heilpraktiker war, und der hat ihr irgendwelche Tropfen gegeben, die sie morgens und abends einnahm. Dann ging es ihr zwar für kurze Zeit etwas besser, aber dauerhaft geholfen haben die auch nicht." Sie stockte kurz und fuhr dann fort: „Bitte verstehen Sie das jetzt nicht falsch, ich hatte den Eindruck, dass sie, wie soll ich sagen, irgendwie des Lebens überdrüssig war. Wenn sie in ihrem Sessel saß und vor sich hin starrte, fragte sie mich manchmal, ob ich an Gott und ein Weiterleben nach dem Tod glauben würde. Ich habe ihr dann immer eine ausweichende Antwort gegeben, weil ich wirklich nicht weiß, was ich glauben soll. Aber ich fühlte halt, dass es ihr gut tun würde und so sagte ich manchmal zu ihr: ´Das kann niemand beantworten, Frau Schmidt, aber ausschließen kann man es auf keinen Fall.` Sie hat sich damit dann zufrieden gegeben. Ich habe sie zuletzt einen Tag vor ihrem Verschwinden gesehen. Sie wirkte irgendwie geistig abwesend. Sie hat mir an diesem Tag, völlig ungewohnt für mich, sogar fünfzig Mark zusätzlich gegeben und sich für meine gute Arbeit und meine Zuverlässigkeit bedankt, obwohl ich mein Geld für den zurückliegenden Monat schon zwei Tage vorher von ihr bekommen hatte. Als ich sie darauf ansprach, sagte sie, das sei schon in Ordnung und ich könne das Geld sicherlich gut gebrauchen. Natürlich konnte ich das, aber irgendwie hatte ich das Gefühl als … tja, als wolle sie sich von mir verabschieden. Dass es tatsächlich ein Abschied für immer war, hätte ich damals aber nie vermutet."

Auch Frau Schuler konnte sich keinen Reim darauf machen, warum und vor allem wohin Frau Schmidt so plötzlich verschwunden war. Ich bedankte mich bei ihr, hinterließ meine Telefonnummer und gönnte mir auf dem Platz vor der Marienkirche ein paar Minuten Auszeit auf einer Bank, nicht nur, weil mir das Hüftgelenk weitaus mehr Probleme als sonst bereitete, sondern auch, weil mich der Anblick dieser Kirche seit meiner Kindheit immer wieder aufs Neue fasziniert. Mein Blick wanderte wie so oft zuerst hoch hinauf zur Kirchturmspitze, dann langsam wieder nach unten bis zu den Eingangsportalen mit den schweren Holztoren. Zwischen der Kirche und dem Pfarrhaus stand hoch oben auf einem Torbogen meine Lieblingsfigur, Jesus Christus mit einem Hirtenstab in der rechten Hand und einem kleinen Lamm auf seiner linken Schulter. Eine wunderschöne Skulptur, die leider unter dem Ruß und Staub der Jahrzehnte erheblich gelitten hatte und von einer beigegelben Schmutzschicht bedeckt war. *Man müsste sie mal ordentlich reinigen, damit sie wieder in neuem Glanz erstrahlt*, kam mir in den Sinn, wobei urplötzlich auch wieder die Lichtgestalt aus meiner Nahtoderfahrung vor meinem geistigen Auge auftauchte. *Ob er es vielleicht war,* dachte ich und gab mir dann selbst einen Ruck. „Keine Zeit für Hirngespinste, Nora", murmelte ich leise und schleppte mich mühsam den Hüttenberg wieder hinauf. Als ich eine Viertelstunde später zuhause ankam, wurde ich von den Katzen, Hühnern und natürlich auch von Agathe stürmisch begrüßt, denn die Futterzeit am Nachmittag, die sie ansonsten immer auf die Minute genau einforderten, war längst verstrichen. Dafür bekamen sie jetzt eine größere Portion von mir in der Hoffnung, sie damit wenigstens ein bisschen zu entschädigen. *So etwas wirkt immer,* hatte mir Björn noch zu Lebzeiten versichert.

Da ich immer noch Schmerzen hatte, schluckte ich eine Tablette und ging schon früh ins Bett. Selbst zum Lesen, eigentlich eine unabdingbare Voraussetzung, um einschlafen zu können, war ich zu müde. Die Sehnsucht nach Björn übermannte mich einmal mehr, wie so häufig abends, wenn ich mir meiner Einsamkeit noch intensiver als tagsüber bewusst wurde. Ich warf einen Blick auf das Foto von ihm auf meinem Nachttisch, dass ich nur ein paar Wochen vor dem Unfall von ihm aufgenommen hatte und flüsterte: „Ich vermisse dich sehr, mein Schatz." Dann löschte ich das Licht und war schon ein paar Minuten später fest eingeschlafen.

Ein Zeichen von Björn?

Als ich am nächsten Morgen aufwachte, spürte ich irgendetwas Festes direkt neben mir unter der Bettdecke liegen. Als ich sie zurückschlug fand ich einen kleinen Anhänger in Herzform, den mir Björn bei unserer Hochzeit geschenkt hatte. Als ich die Kette mit dem Anhänger vor zwei Jahren zu unserer Silbernen Hochzeit anziehen wollte, war der Anhänger unauffindbar. Ich suchte verzweifelt das ganze Haus ab und durchwühlte meine Schmuckkassette und alle Schubladen. Doch vergeblich. Der Anhänger war zwar nicht sonderlich wertvoll, hatte für mich aber eine ganz besondere Bedeutung.

„Mach dir nichts draus, Nora, ich schenke dir zu unserem Festtag einen neuen", hatte mich Björn vergeblich zu trösten versucht.

„Nein, Björn, ich will meinen alten Anhänger wieder haben und keinen anderen", hatte ich erwidert.

„Also gut, Nora. Ich wollte dir ja nur eine Freude machen. Der Anhänger wird sich ganz bestimmt wieder finden. Ein Haus verliert ja schließlich nichts. Vielleicht hast du ihn aus Versehen verlegt und kannst dich jetzt nicht mehr daran erinnern."

„Du darfst nicht von dir auf andere schließen. Du verschlampst bekanntlich andauernd etwas, aber mir passiert so etwas nicht."

„Schön, mein Schatz, dann einigen wir uns halt auf einen Einbrecher oder auf einen Geist", hatte er lachend erwidert.

Diese Szene hatte ich noch genau so im Kopf, als wäre sie gerade eben erst passiert. Jetzt saß ich ein paar Minuten wie versteinert auf der Bettkante mit dem verlorenen Anhänger in meiner Hand, warf einen Blick auf Björns Foto und sagte: „An einen Einbrecher habe ich schon damals nicht geglaubt. Vielleicht sollte ich mich doch mit dem Gedanken an einen Geist anfreunden." Dann nahm ich das eingerahmte Foto, drückte Björns Abbild einen Kuss auf die Stirn und sagte: „Vielen Dank, du guter Geist!"

Nach dem Frühstück, dem Füttern der Raubtiere und der leidigen Hausarbeit, die Björn früher oft übernommen hatte, weil er tagsüber die meiste

Zeit zu Hause war, rief ich die Töchter von Frau Schmidt an. Die Mühe hätte ich mir eigentlich sparen können. Beide gaben sich am Telefon nicht sonderlich freundlich und zeigten offenbar auch nicht das geringste Interesse mehr am Fall ihrer verschollenen Mutter. Sie vermochten überhaupt keinen Sinn darin zu erkennen, dass der Fall nach dreißig Jahren noch einmal aufgerollt werden sollte. ´Wir haben mit dem Thema schon längst abgeschlossen und gehen davon aus, dass unsere Mutter ohnehin nicht mehr lebt`, erklärte mir die älteste Tochter. ´Und, seien Sie mir nicht böse, wir hatten weiß Gott kein gutes Verhältnis zu ihr. Auch wenn sie noch immer vermisst ist, wir vermissen sie nicht`, hatte sie mir gesagt und dann einfach den Hörer aufgelegt. Nur kurz kam mir in den Sinn, sie wieder zurückzurufen und auf ihre Auskunftspflicht hinzuweisen, aber gebracht hätte es ohnehin nichts. Ich schluckte den aufkeimenden Ärger hinunter, was mir vor dem Unfall nie gelungen wäre, und entschloss mich, mir noch einmal die Ermittlungsakte Edgar Bethscheider näher anzuschauen. Danach suchte ich seine damalige Wohnadresse in der Langenstrichstraße auf, doch das Haus gab es nicht mehr. Es hatte schon vor vielen Jahren einer neuen Straße in Richtung Unterstadt weichen müssen, was die Suche nach Zeitzeugen erheblich erschwerte.

Dennoch konnte ich wenigstens Frau Hemmer, die Ehefrau des längst verstorbenen Bäckermeisters ausfindig machen.

„Herr Bethscheider kam früher fast jeden Tag vorbei, obwohl er ja als alleinstehender Mann nicht jeden Tag etwas einzukaufen brauchte. Er hat dann immer nach irgendwelchen Backwaren gefragt, die es nicht jeden Tag gab, was er aber ganz genau wusste. Er hat sich halt gerne mit mir unterhalten und mir oft sein Leid geklagt. Ich habe ihm auch geduldig zugehört, obwohl er meistens immer wieder dasselbe von sich gegeben hat. Na ja, der Kunde ist halt König", seufzte sie. „Früher hat es mich oft genervt, aber ich durfte mir ja nichts anmerken lassen. Und heute wäre ich froh, wieder so viel Kontakt zu anderen Menschen zu haben wie damals."

„Haben Sie vielleicht eine Erklärung für Herrn Bethscheiders Verschwinden?"

„Nein, nicht wirklich."

„Was wollen Sie damit sagen?"

„Na ja, er hatte Probleme mit der Leber und auch mit der Lunge. Kein Wunder, wenn man seine Rente zum größten Teil in Alkohol und Zigaretten investiert und als ehemaliger Bergmann trotz Staublunge das Rauchen einfach nicht aufgeben will. In den letzten Wochen vor seinem Verschwinden hatte er stark abgenommen und ein leichenblasses eingefallenes Gesicht. Als ich ihn darauf angesprochen und ihm dringend geraten hatte, dass er sich deswegen unbedingt in ärztliche Behandlung begeben müsse, hat er nur abgewunken und gesagt: ´Bei mir ist Hopfen und Malz verloren. Da ist nichts mehr zu machen. Lange wird es ohnehin nicht mehr dauern`, hat er mir mit einem vielsagenden Blick erklärt. Das kam mich damals zwar etwas merkwürdig vor, aber ich habe offen gestanden auch nicht weiter darüber nachgedacht. Aber als er dann plötzlich verschwunden war, habe ich mir gedacht, dass er sich vielleicht selbst von seinem Leiden erlöst hat."

„Dachten Sie etwa an Selbstmord?"

„Ja, aber dann hätte man ja irgendwann und irgendwo seine Leiche finden müssen. Man kann sich ja schließlich nicht selbst verstecken, wen man tot ist."

„Richtig, Frau Hemmer, und deshalb können wir Selbstmord definitiv ausschließen", erwiderte ich.

Sie nickte. „Aber was ist damals bloß mit ihm passiert, frage ich mich auch noch nach so vielen Jahren?"

Ich musste unwillkürlich lächeln. „Sehen Sie, genau das haben wir beide gemeinsam."

„Glauben Sie denn wirklich, dass sie nach so langer Zeit noch Licht ins Dunkel bringen können?"

Ich zuckte nur kurz mit den Schultern und erwiderte: „Ich weiß es nicht, aber ich will nichts unversucht lassen. Vielen Dank, Frau Hemmer." Dann verabschiedete ich mich von ihr und erledigte auf dem Nachhauseweg gleich noch die notwendigen Einkäufe. Beim Vorbeigehen am Café Sick am Oberen Markt verspürte ich spontan Lust auf eine Tasse Kaffee und ein Stück Kuchen. Der Versuchung konnte ich einfach nicht widerstehen.

„Hallo Nora, lange nicht gesehen", begrüßte mich Christine, die Inhaberin. „Wo warst du denn die ganze Zeit? Ich habe schon befürchtet, du würdest überhaupt nicht mehr vorbeikommen nach dem schrecklichen Unfall. Ein Stück Sahne-Nuss und ein Kännchen, wie immer?"

Ich nickte. „Du hast wirklich ein gutes Gedächtnis, Christine."

„Na klar. Setz dich schon mal, ich bringe dir die Sachen gleich selbst an Tisch. Darf ich mich ein bisschen zu dir setzen?", fragte sie, als sie ein paar Minuten später servierte.

„Natürlich. Keine Angst, ich werde in Zukunft auch wieder öfter vorbeikommen, aber …"

„Ich weiß", unterbrach sie mich. „Björns Tod und die gesundheitlichen Unfallfolgen hast du sicherlich erst einmal verkraften müssen, um wieder zur Normalität zurückzufinden."

Ich schüttelte den Kopf. „Es wird wohl nie mehr so sein wie früher, aber das Leben muss schließlich weitergehen. Ich bin jetzt übrigens hier in Neunkirchen stationiert."

„Oh, das finde ich ja super. Hast du eine neue Aufgabe?"

„Ja und nein. Ich bin immer noch den Banditen auf der Spur, aber es sind jetzt ungelöste Altfälle, die wieder aufgerollt werden sollen."

„Klingt spannend. So wie bei Aktenzeichen XY?"

„Na ja, so in etwa."

„Und welchen Fall bearbeitest du gerade? Erzähl doch mal, Nora."

Ich musste unwillkürlich grinsen. „Du weißt doch genau, dass ich darüber nichts erzählen kann, und trotzdem versuchst du es immer wieder."

„Und manchmal hatte ich ja auch schon ein bisschen Erfolg damit, Frau Oberkommissarin", erwiderte sie mit einem schelmischen Lächeln.

„Ja ja, aber heute hast du kein Glück, denn ich muss gleich wieder weg."

„Na schön, kommst du am Samstag zum Frühstück, wie früher immer mit …" Sie stoppte mitten im Satz und hielt sich peinlich berührt die Hand vor den Mund.

„Kein Problem, Christine. Ich denke, dass ich die alte Tradition auf jeden Fall wieder fortführen werde, sofern ich es einrichten kann. So, jetzt muss ich aber", sagte ich und verließ das Café.

„Warte mal, Nora", hörte ich kurz darauf Christine hinter mir herrufen. Sie drückte mir ein kleines Herz aus Marzipan in die Hand.

„Wofür denn das?"

„Ach, nur so", sagte sie, „ich freue mich jedenfalls sehr, dass du wieder hierher gefunden hast."

Und jetzt?

Am nächsten Tag bekam ich einen Anruf von meinem Dezernatsleiter aus Saarbrücken.

„Hallo Frau Horst, ich weiß zwar, dass es sicherlich noch viel zu früh ist, aber ich wollte mich trotzdem mal bei Ihnen melden und mich nach dem Stand der Dinge erkundigen", sagte er.

„Hallo Herr Beckmann", erwiderte ich, „ich hätte Sie auf jeden Fall auch die nächsten Tage angerufen."

„Schön, aber fangen wir zuerst einmal bei Ihnen an. Wie geht es Ihnen gesundheitlich und wie kommen Sie mit Ihrer neuen Aufgabe in Neunkirchen zurecht?"

„Mittelprächtig, um ehrlich zu sein. Gesundheitlich läuft es halt einfach noch nicht so, wie ich es mir wünschen würde, und was die einzelnen Fälle anbetrifft ist jeder für sich eine verdammt harte Nuss." Dann berichtete ich ihm von meinen bisherigen Aktivitäten und Ergebnissen.

„Du liebe Güte, Frau Horst, was Sie in den paar Tagen auch unter Berücksichtigung Ihrer körperlichen Einschränkungen schon alles unternommen haben, dafür kann ich Ihnen nur Respekt zollen, auch wenn die bisherigen Ergebnisse leider noch relativ bescheiden sind. Aber das war ja auch beim besten Willen nicht anders zu erwarten, nach drei Jahrzehnten."

„Ja, die lange Zeit ist schon ein großes Problem, zumal wir ja auch auf keine neuen Erkenntnisse zurückgreifen können, bisher jedenfalls nicht."

„Gibt es denn sonst vielleicht irgendwelche Gemeinsamkeiten?"

„Leider nein. Zumindest konnte ich bisher noch keine entdecken. Die fünf Vermissten waren weder verwandt noch verschwägert oder befreundet, so steht es jedenfalls in den Ermittlungsakten. Aber auch meine Befragungen haben diesbezüglich keine Anhaltspunkte ergeben. Auch beruflich gab es keine Berührungspunkte. Man kann natürlich nicht ganz ausschließen, dass sie sich mal begegnet sind, aber wenn, dann allenfalls zufällig, so wie man sich halt mal auf der Straße oder in einem Geschäft hin und wieder über den Weg läuft."

„Mmh, da haben Sie sich aber ´ne schöne Aufgabe ausgesucht, Frau Horst."

„Irrtum, Herr Beckmann, sie ist mir von irgendjemand ausgesucht worden, dessen Name mir gerade nicht einfällt", konterte ich trocken.

„Verstehe, ich bin also daran schuld."

„Schön, dass Sie es selbst zugeben, Herr Beckmann."

Er konnte ein Lachen offenbar nur mühsam unterdrücken. „Na Sie sind vielleicht eine Marke. Wie wollen Sie denn jetzt weiter vorgehen?"

„Keine Ahnung, um ehrlich zu sein. Zuerst einmal alles sacken und in Ruhe auf mich einwirken lassen. Dann werde ich mir noch mal meine Aufzeichnungen anschauen und versuchen, daraus sinnvolle Ansatzpunkte für weitere Schritte abzuleiten."

„Na prima, dann gehen Sie jetzt am besten damit in einem stillen Kämmerlein in Klausur. Falls Sie Gesprächsbedarf haben sollten, melden sie sich bitte wieder. Bis dann, Frau Horst", sagte er und legte wieder auf.

Sacken lassen kannst du es am besten beim Wäsche waschen und beim Wohnung putzen, versuchte ich, mich selbst ein bisschen froh zu machen. Doch die Freude währte nicht allzu lange. Während ich mich mit Putzeimer, Putzlappen und Schrubber bewaffnet durchs Haus bewegte, bekam ich nicht mit, dass Agathe, nachdem sie sich in der Regenpfütze eines kleinen Sandhaufens hinter dem Haus amüsiert hatte, geradewegs durch die Haustür nach innen schlüpfte und durchs frisch geputzte Haus watschelte. Als ich sie endlich bemerkte, war es zu spät, schmierige Abdrücke von Gänsefüßen zierten den frisch gewischten Boden, was mich fast zur Verzweiflung brachte und ich die dumme Gans laut fluchtend mit dem Schrubber hinausjagte, worauf das Federvieh merklich sauer auf mich vor der Haustür hin und her watschelte und ich mir eine fast halbstündige schnatternde Schimpfparade anhören musste. Ich brachte es aber nicht übers Herz, sie über Nacht draußen zu lassen und machte ihr am Abend die Tür wieder auf. Sie watschelte herein, würdigte mich keines Blickes und machte es sich auf einem Sessel im Wohnzimmer gemütlich. Ich ließ sie gewähren und schaute mir die Übertragung eines Champion Leaque Spiels der Bayern gegen Liverpool an. Ein wider Erwarten eher zähflüssiges Spiel, bei dem zuerst Agathe und dann mir die Augen zufielen. Irgendwann nach der ersten Spielhälfte wachte ich wieder auf, schaltete den Fernseher aus, trug Agathe in ihr Körbchen vor der Schlafzimmertür und ging ins Bad. Nach etwa fünfzehn Minuten Agatha Christie fiel mir das Buch zum zweiten Mal aus der Hand. Ein todsicheres Zeichen, dass es für heute genug war.

In der Nacht hatte ich einen merkwürdigen Traum, in dem ich fünf große Ringe aus unterschiedlichen Richtungen aufeinander zulaufen sah, die miteinander zu verschmelzen schienen. Ich konnte mir am anderen Morgen aber beim besten Willen keinen Reim darauf machen und hakte den Traum achselzuckend ab.

Wochenende

Meine erste Arbeitswoche im neuen Job lag hinter mir und ich hatte mir fest vorgenommen, auch im Homeoffice nicht auf die beiden freien Tage zu verzichten, was mir allerdings vor dem Unfall bei weitem nicht immer gelungen war. Mein Problem war, dass ich einfach nicht abschalten konnte und mich dann doch mit irgendwelchen Ermittlungsfällen beschäftigte. Damals konnte ich mir das auch erlauben, weil Björn sich ums Haus und um die Tiere gekümmert hatte. Doch jetzt hing seit seinem Tod alles an mir und ich spürte auch, dass ich eine Auszeit dringend nötig hatte, was sicherlich mit meinen körperlichen Einschränkungen zusammenhing. Und jünger war ich schließlich auch nicht geworden. Nachdem ich die Tiere versorgt hatte, ging ich ins Café Sick frühstücken, sehr zur Freude von Christine und den anderen Frühstücksgästen, mit denen ich bei Kaffee und belegten Brötchen endlich mal wieder nach Herzenslust tratschen konnte.

Am Nachmittag stand der Besuch eines Heimspiels von Borussia Neunkirchen im Ellenfeldstadion an. Jo Frisch, der Pressesprecher von Borussia, hatte mich gestern noch angerufen und gefragt, ob ich nicht mal wieder Lust hätte, mir ein Spiel anzuschauen. Vor dem Unfall versäumten Björn und ich kein Heimspiel und fuhren hin und wieder sogar mit zu Auswärtsspielen. Mit Jo waren wir irgendwann auf der Tribüne ins Gespräch gekommen. Der Lange, wie ihn Björn heimlich zu nennen pflegte, war wirklich ein netter Zeitgenosse. Wir fanden uns jedenfalls auf Anhieb sympathisch und hockten fortan bei jedem Spiel zusammen auf der Tribüne. Irgendwann hatte er uns erzählt, dass er aus Trier stammen würde. ʹDu liebe Güte, Jo, und dann kommst du als Pressesprecher zu einem Saarlandligisten?ʹ, hatte Björn ihn gefragt. ʹWie kommt man denn bloß auf so eine Idee?ʹ

ʹDas will ich euch verratenʹ, hatte er erwidert. ʹDie Borussen waren ja auch mal in der Bundesliga, wie ihr vielleicht wisst, und damals hatten Elmar May und Paul Pidancet hier gespielt, die beide aus Trier kamen. Und da mein Vater die Trierer Jungs mal in der Bundesliga spielen sehen wollte, hat er mich zu einem Spiel hier ins Ellenfeld mitgenommen. Ich war damals acht Jahre alt und von dieser Stunde an Feuer und Flamme für die Borussia aus Neunkirchen. Was soll ich sagen, diese Liebe ist bei mir eigentlich nie so ganz erloschen und vor ein paar Jahren wieder richtig aufgelebt, als ich mich um das Stadionmagazin und die Homepage der Borussia zu kümmern begann.`

´Das ist ja wirklich eine tolle Geschichte, Jo. Sag mal, was machst du denn eigentlich so beruflich?`, hatte ich gefragt, wobei ich mir bei diesem lockeren Typen durchaus alles Mögliche hätte vorstellen können, aber auf keinen Fall, dass er Lehrer für Altgriechisch und Latein an einem Trierer Gymnasium war. Seit dieser Zeit waren wir jedenfalls echte Freunde geworden.

Als ich ihn jetzt wieder sah, zum ersten Mal nach über einem Jahr, freute er sich riesig und umarmte mich spontan. „Wie geht es dir, Nora, nach all dem, was passiert ist?", fragte er mit sichtlich besorgter Miene.

„Na ja, ich denke es geht langsam wieder aufwärts."

„Das freut mich wirklich sehr."

Nach dem Spiel tranken wir noch ein Bier zusammen und sprachen ein bisschen über alles Mögliche. Danach verabschiedete ich mich wieder von ihm.

„Bis zum nächsten Mal, Nora. Du kommst doch zum nächsten Heimspiel?"

Ich nickte. „Wenn nichts dazwischen kommt, sehen wir uns in zwei Wochen um die gleiche Zeit wieder, Jo."

Zuhause schob ich mir eine Pizza in den Ofen und machte es mir mit Agathe und den drei Stubentigern im Wohnzimmer noch ein bisschen bequem, bevor ich relativ früh zu Bett ging.

Auch in der folgenden Nacht hatte ich wieder einen merkwürdigen Traum. Ich sah mich mit Björn in einem Fesselballon bei strahlendem Sonnenschein über eine grüne Hügellandschaft fliegen. Doch plötzlich änderte sich das Wetter, bedrohlich dunkle Wolken zogen auf und es fing an zu blitzen und zu donnern. Wir suchten verzweifelt einen Landeplatz, um heil auf den Erdboden zu kommen. Björn deutete plötzlich nach unten auf eine ebene Fläche, die schneeweiß war. Dort wollten wir mit dem Ballon landen. Als wir langsam nach unten sanken, sah ich auf dieser Fläche fünf ineinander verschlungene Ringe, die dem Symbol der Olympischen Flagge ähnelten, aber alle mit tiefschwarzen Rändern. Plötzlich schlug der Blitz in den Ballon ein, der mit einem lauten Knall explodierte, worauf wir laut schreiend mit der Gondel in die Tiefe stürzten. Ich wurde von meinem eigenen Angstschrei plötzlich aus diesem Albtraum gerissen und sprang schweißgebadet und an allen Gliedern zitternd in panischer Angst aus dem Bett. Es dauert einige Minuten, bis ich wieder klar bei Sinnen war. Der Traum verfolgte mich fast den ganzen Tag, während ich krampfhaft überlegte, wie man ihn deuten könnte. Doch mir fiel überhaupt nichts Vernünftiges dazu ein, zumal ich von Traumdeutung überhaupt keine Ahnung hatte.

Diese merkwürdigen Träume von Ringen, die beim ersten Traum ineinander verschmolzen und gestern Nacht ineinander verschlungen waren, mussten irgendeine Bedeutung haben. Warum nur hatte ich zwei Nächte hintereinander von einer derartigen Symbolik geträumt?

Plötzlich kam mir das Gespräch mit der sehr verständnisvollen Pflegerin in der Reha wieder in den Sinn, der ich von meiner Nahtoderfahrung erzählt hatte. *Sie müssen lernen, weitaus mehr auf Ihre innere Stimme und Ihre Intuition zu achten als auf Ihren Verstand*, hatte sie mir voriges Jahr empfohlen? Und hatte sie nicht auch gesagt: *Mit wachsender Sensibilität werden Sie immer besser Zeichen aus der geistigen Welt zu erkennen und zu deuten vermögen. Ich bin sicher, Ihr Mann ist noch immer bei Ihnen, wenn auch auf einer ande-*

ren Ebene. Und er wird mit Sicherheit auch Kontakt zu Ihnen halten und Ihnen helfen, soweit es für Ihre eigene Weiterentwicklung förderlich ist. Das ist zwar nicht immer durch eine unmittelbare Wahrnehmung möglich, zumindest für die meisten Menschen nicht. Achten Sie daher auf indirekte Botschaften, insbesondere in Form von Zeichen, Träumen oder inneren Eingebungen. Ich konnte einfach nichts dagegen tun, diese Gedanken drängten sich mir jetzt völlig unkontrolliert auf. Hatte er mir nicht vielleicht mit dem Anhänger in Herzform ein Zeichen gegeben, ein Zeichen, dass er mich noch immer liebt? Das könnte ich ja noch halbwegs nachvollziehen, aber was würde er mir mit den Ringen sagen wollen? „Nein Nora, das ist Unsinn, du hast bloß schlecht geträumt und das hat nichts mit Björn zu tun", murmelte ich, worauf mich die Katzen, die wohl annahmen, ich würde zu ihnen sprechen, ganz erstaunt anblickten. Ich konnte zu diesem Zeitpunkt noch nicht ahnen, dass ich mit meiner Skepsis völlig falsch liegen sollte.

Im Bücherland

Zwei Tage später traf ich Gabi, die Trainerin unserer Yoga-Gruppe, in der Stadtbibliothek. „Guten Tag, Miss Marple. Na, mal wieder auf der Suche nach einem Krimi von Agatha Christie", begrüßte sie mich.

„Keineswegs, meine Teuerste", bemühte ich mich im Stil von Miss Marple mit betont ernster Miene zu antworten.

„Oho, dein Gesicht gefällt mir heute aber gar nicht, ist dir etwa eine Laus über die Leber gelaufen?"

Ich schüttelte schmunzelnd den Kopf. „Nein, und das Kompliment mit dem Gesicht kann ich gerne zurückgeben, Gabi. Im Ernst, mir ist keine Laus über die Leber gelaufen, sondern Ringe."

„Ringe, was denn für Ringe?", erwiderte sie kopfschüttelnd

„Na ja, ich habe zwei Nächte hintereinander von Ringen geträumt und jetzt suche ich hier nach einem Buch über Traumdeutung."

„Von Ringen geträumt? Höre ich da etwa Glocken läuten?"

„Quatsch. Keine Ringe, die du dir an den Finger steckst, sondern große Ringe."

„Aha. Und wie groß?"

„Oh Mann, du kannst Fragen stellen wie einer von der Kripo."

„Ich bin kein Mann, falls du das noch nicht bemerkt haben solltest, aber für Traumdeutung interessiere ich mich auch sehr, wie du dir vielleicht denken kannst."

„Prima, dann werde ich dir meine Träume kurz erzählen und du darfst dann gerne dazu einen Kommentar in Form einer Traumdeutung abgeben."

Als ich mit Erzählen fertig war, sah sie mich sehr nachdenklich an und sagte: „Also eine frohe Botschaft vermag ich darin jedenfalls nicht zu erkennen. Für mich klingt das Ganze irgendwie bedrohlich und geheimnisvoll. Am besten schaust du mal auf der Empore nach. Ich denke, ein paar

Bücher über Traumdeutung findest du sicher dort oben."

Bedrohlich und geheimnisvoll hatte Gabi gesagt, und im gleichen Moment war mir ein Gedanke durch den Kopf geschossen, dem ich unbedingt nachgehen wollte. Gabi schaute mich völlig konsterniert an, als ich mich hastig von ihr verabschiedete. „Bist du gerade von einer Tarantel gestochen worden?"

„Gut möglich, ich hoffe allerdings, dass es sich als ein Geistesblitz herausstellen wird."

„Du sprichst gerade in Rätseln zu mir, Nora."

„Und wenn ich die auflösen kann, dann lade ich dich zu einem Glas Wein ein."

„Klingt gut, dann mach mal hinne. Und was ist mit dem Buch über Traumdeutung?"

„Ich glaube, das brauche ich jetzt nicht mehr. Sei mir bitte nicht böse, aber ich muss sofort etwas abklären, weil ich seit Tagen mit meinen Fällen auf der Stelle trete und keinen Millimeter weiterkomme."

„Habe ich eben vielleicht etwas Falsches gesagt, Nora?"

„Nein, ganz im Gegenteil, Gabi. Ich danke dir. Wir sehen uns ja übermorgen wieder beim Yoga-Training, aber jetzt muss ich gleich los."

„Na schön, aber dann verrätst du mir auf jeden Fall, auf was für eine Fährte ich dich offenbar gerade gelockt habe."

„Das würde ich ja gerne, aber das ist ein Dienstgeheimnis, zumindest vorerst noch."

„Ein Dienstgeheimis? Wenn ich so was schon höre", schnaufte sie. „Stell dich jetzt bloß nicht so an, du Dienstmuffel?"

„Na schön", erwiderte ich und zog sie dabei ganz nahe zu mir heran. „Kannst du denn auch schweigen wie ein Grab, Gabi?"

„Natürlich, kein Wort wird über meine Lippen kommen", flüsterte sie kaum hörbar.

„Prima, dann sind wir schon zu Zweit", gab ich ihr zur Antwort und verabschiedete mich kichernd. Für ein paar Sekunden war es mucksmäuschenstill und dann hörte ich sie hinter mir laut schallend lachen.

„Na warte, spätestens übermorgen erwische ich dich, Frau Oberkommissarin, und dann wirst du diese Untat bitter bereuen", rief sie mir nach.

Querverbindungen

Gabis Bemerkung, dass ihr meine beiden Träume über die Ringe irgendwie mysteriös und bedrohlich erschienen, hatten mir schlagartig eine mögliche Erklärung hierfür einfallen lassen. Ich hatte die ganze Zeit geglaubt, sie könnten etwas mit mir und meinen privaten Problemen zu tun haben, doch erst jetzt kam mir in den Sinn, dass es vielleicht etwas mit meinen Cold Case-Fällen zu tun haben könnte, die mich permanent beschäftigten und mich jeden Tag mehr an meiner Fähigkeit als früher doch so erfolgreiche Ermittlerin zweifeln ließen. Gabis Bemerkung hatten spontan wieder die Traumbilder bei mir im Kopf ausgelöst und ich hatte erst jetzt registriert, dass es sich um fünf Ringe handelte, also an der Zahl genau so viele wie die der Vermissten. Und diese Ringe waren in beiden Träumen miteinander verbunden. Daraus leitete ich ab, dass mir im Traum vielleicht vermittelt werden sollte, dass die fünf Fälle entgegen Beckmanns Hinweis, dass es keine Verbindung zwischen den Fällen gäbe, doch irgendwie etwas miteinander zu tun haben könnten. Ich hatte das eigentlich von Anfang an vermutet, mich aber durch die Bemerkung über fehlende Gemeinsamkeiten unwillkürlich davon abbringen lassen. Ich würde daher jetzt ganz anders an die Sache herangehen und die Fälle systematisch nach Übereinstimmungen und Überschneidungen zu analysieren versuchen. Mit anderen Worten, es blieb mir nichts anderes übrig, als die Akten erneut zu wälzen. Zu Hause legte ich sie alle aufgeschlagen nebeneinander auf den Fußboden, weil der Schreibtisch dafür zu klein war. Dann fasste ich mit Block und Stift die signifikanten Gemeinsamkeiten zusammen. Offensichtlich war bisher lediglich, dass es sich um fünf Bewohner aus der Innenstadt handelte, die in einem relativ kurzen Zeitraum nacheinander spurlos verschwunden waren. Alle fünf waren schon etwas ältere Jahrgänge. Doch das war´s auch schon an Gemeinsamkeiten, jedenfalls fürs Erste.

Zwischen den Vermissten selbst bestand offenbar auch keine direkte Beziehung. Aber vielleicht gab es ja eine indirekte Verbindung, einen Verbindungsmann oder eine Verbindungsfrau sozusagen? Aber wen? So etwas wie einen gemeinsamen Freund oder näheren Bekannten konnte ich aufgrund der bisherigen Ermittlungen jedenfalls ausschließen. Was könnte es sonst vielleicht noch sein? Etwa die Religionszugehörigkeit oder besser gesagt eine Zugehörigkeit zur gleichen Kirchengemeinde? Mit zunehmendem Alter entdecken viele Menschen bekanntlich den Glauben wieder für sich. Doch auch hier Fehlanzeige, wie sich beim Blick in die Akten ergab. Frau Lauer und Herr Gerber waren katholisch, Frau Woll und Herr Bethscheider evangelisch und Frau Schmidt war sogar aus der Kirche ausgetreten. Was konnte es also noch sein bei fünf Menschen zwischen knapp sechzig und über achtzig Jahren? Grübelnd ging ich im Zimmer auf und ab, bis mir ein zufälliger Blick auf die aufgeschlagene Illustrierte neben dem Fernseher einen rettenden Einfall bescherte. Dort wurde für eine Antifaltencrème geworben, für die ich mich interessiert hatte, weil auch an mir der Zahn der Zeit schon unverkennbar genagt und mir einige Kummerfalten beschert hatte. Könnte es nicht vielleicht die Gesundheit oder besser gesagt das Gegenteil davon sein, was diese Menschen miteinander verband? Instinktiv spürte ich, dass ich diesem Aspekt auf jeden Fall näher nachgehen sollte.

Wieder ein Blick in die alten Akten und auch diesmal kein richtiges Erfolgserlebnis. Allerdings hatten meine jüngsten Befragungen diesbezüglich schon eher ein paar Ansatzpunkte ergeben. Frau Woll war offensichtlich krebskrank und Frau Schmidt hatte Probleme mit dem Herzen. Auch Frau Lauer war öfter krank und litt unter Schmerzen, ebenso wie Herr Bethscheider, der Probleme mit Lunge und Leber hatte. Lediglich im Fall von Herrn Gerber Fehlanzeige. Wieder und wieder studierte ich meine Aufzeichnungen, bis ich zumindest in zwei Fällen eine Übereinstimmung feststellen konnte. Sowohl Frau Woll als auch Frau Schmidt hatten damals einen Heilpraktiker konsultiert. Ob es in beiden Fällen der gleiche war? Das galt es jedenfalls im nächsten Schritt herauszufinden.

Morgen ist schließlich auch noch ein Tag, dachte ich mir und beschloss, mich für den Rest des Tages noch ein bisschen mit meinem Minizoo im Garten zu beschäftigen. Seit Björns Tod war ich praktisch die einzige echte Bezugsperson für die Tiere, wenn man von meiner Schwägerin und meinem Neffen absah, die mich bei der Gartenpflege und beim Füttern zum Glück ein bisschen unterstützten.

Kaum hatte ich das Haus in Richtung Garten verlassen, kam mir Agathe schon laut schnatternd und Flügel schlagend entgegen, im Schlepptau die Stuben- und Gartentiger, gefolgt von einer gackernden Hühnerschar, bei weitem nicht nur des Futters wegen, wie sich herausstellen sollte. Alle versuchten mir gleichzeitig um die Beine zu streichen und beharkten sich dabei ganz offensichtlich vor Eifersucht, sodass ich zunächst mal ein kleines Donnerwetter über sie ergehen ließ, worauf Agathe wie eine beleidigte Leberwurst schnatternd davonrannte, aber gleich wieder zurückkam, um sich erneut auf die vierbeinige und zweibeinige Konkurrenz zu stürzen. Björn hatte sie in solchen Fällen immer mit einem kleinen Kinderlied auf den Lippen besänftigt, fiel mir ein. In meiner Not kam mir allerdings nur ein zaghaftes *Hänschen klein* über die Lippen, was ihnen offenbar überhaupt nicht gefiel. Auch *Fuchs du hast die Gans gestohlen* ließ sie kalt, doch bei *Weißt du wie viel Sternlein stehen* wurden sie tatsächlich lammfromm und ließen sich noch lange von mir streicheln. Mit Agathe und den Katzen ging ich schließlich ins Haus zurück, während sich die Hühner in Richtung Hühnerstall auf den Weg machten.

Der Heilpraktiker

Am nächsten Tag begab ich mich noch einmal in die Schwebelstraße, um Monika Schneider erneut zu befragen. Zum Glück erwischte ich sie gerade noch vor der Haustür auf dem Weg zum Einkaufen, sodass sie diesmal wenig Zeit für ellenlange Erzählungen hatte. Sie konnte mir allerdings auch mit einem Namen oder einer Adresse von Frau Wolls Heilpraktiker nicht weiterhelfen.

Mehr Erfolg hatte ich dagegen bei Frau Schuler, die jedoch etwas irritiert und verunsichert auf mich wirkte, als sie mir die Wohnungstür öffnete. „Ich habe Ihnen beim letzten Mal wirklich alles gesagt, was ich weiß, Frau Horst", empfing sie mich.

„Keine Angst, Frau Schuler, ich habe bloß noch eine Frage an Sie. Wissen Sie vielleicht noch, wie der Heilpraktiker hieß, bei dem Frau Schmidt damals in Behandlung war?"

Sie nickte. „Oh ja, das weiß ich noch ganz genau. Gutmann hieß er. Ich weiß es deshalb so genau, weil Frau Schneider immer sagte, wenn sie von ihm zurückkam: ´Er heißt nicht umsonst Gutmann, denn er ist wirklich ein guter Mann, nicht nur als Heilpraktiker.` Seinen Vornamen habe ich aber vergessen.“

„Das macht nichts. Wissen Sie vielleicht auch, wo er wohnt oder damals gewohnt hat?“

„Ja, in der Spieser Straße, ein Stück oberhalb von der ehemaligen Ziegelei Köppel. Dort ist jetzt ein Café, soweit ich weiß, aber dort oben war ich schon lange nicht mehr. Und ob der noch dort wohnt oder praktiziert, weiß ich auch nicht.“

„Prima! Sie haben mir damit auf jeden Fall sehr geholfen, Frau Schuler. Dann werde ich mich mal gleich dorthin auf den Weg machen“, erwiderte ich und verabschiedete mich.

Das Haus in der Spieser Straße fand ich auf Anhieb. *Rainer Gutmann, Heilpraktiker* war auf einem weißen Emailleschild in schwarzen Buchstaben zu lesen. Offenbar betrieb der gute Gutmann immer noch seine Praxis. Die Haustür stand ein Stück weit offen, ebenso die Tür zur Praxis, sodass ich nach dreimal vergeblichem Anklopfen einfach eintrat. Doch die Praxis war menschenleer. Nur eine relativ altmodische Büroeinrichtung mit offenen Rollschränken, in denen sich jede Menge Akten stapelten, ein überdimensional großer Schreibtisch aus dunklem Eichenholz, ein paar klapprige Holzstühle und ein Glasschrank mit allerlei kleinen Glasfläschchen sowie mit Salben gefüllten Dosen empfingen mich. Aus einem der Fenster hatte man einen Blick auf den großen Garten hinter dem Haus, in dem ein älterer Mann eine Hecke am Schneiden war. Also machte ich auf dem Absatz kehrt und ging zu ihm hinaus.

„Haben Sie denn das Schild nicht gelesen?", fragte er, ohne vom Heckenschneiden abzulassen oder mich anzusehen. „Von zwölf Uhr bis vierzehn Uhr dreißig ist die Praxis geschlossen."

„Bitte entschuldigen Sie, aber ich ..." Weiter kam ich nicht.

„Schon gut!", unterbrach er mich, um mich dann von oben bis unten eindringlich zu mustern. „Ich sehe schon, was Ihnen fehlt", brummte er. „Setzen Sie sich auf die Bank und lassen Sie mir noch fünf Minuten, bis ich mit der Hecke fertig bin, denn wenn ich jetzt aufhöre, wird das nichts mehr, jedenfalls heute nicht, und morgen habe ich keine Zeit dafür."

„Aber selbstverständlich", erwiderte ich. „Sie haben wirklich einen sehr schönen und gepflegten Garten."

Er quittierte meine Bemerkung nur mit einem stummen Nicken.

„Was ist denn das da hinten", sagte ich und deutete auf einen leicht geschwungenen schmalen Weg, der vor einem relativ großen behauenen Stein endete. Auch links und rechts des Weges ein paar kleinere symbolhaft behaue Steinskulpturen.

„Kommen Sie mit, dann zeige ich's Ihnen", erwiderte er und reichte mir galant seinen rechten Arm zum Einhaken. „Den Weg zum Gedenkstein hat mein Großvater vor über fünfzig Jahren angelegt. Auf dem Stein sind die Namen unserer Vorfahren eingehauen mit Geburts- und Todesdatum. Mein Großvater hatte hier viele Jahre einen kleinen Steinmetzbetrieb mit nur einem Arbeiter. Das war mein Vater. Meine Großeltern und auch meine Eltern haben hier den ganzen Tag, meistens sieben Tage in der Woche, für den Betrieb geschuftet und sich um den großen Garten gekümmert, damals noch ein reiner Nutzgarten. Und weil keiner von ihnen richtig Zeit hatte, sich auch noch um die Grabstätten unserer Verstorbenen auf dem alten Friedhof zu kümmern, hat er hier eine kleine Gedenkstätte für sie angelegt. Auch ich bin gelernter Steinmetz und habe einige Jahre mitgearbeitet, bis ich Probleme mit der Lunge bekam. Der Steinstaub hat mir zu schaffen gemacht, wissen Sie. Deshalb habe ich in Abendschulform das Abitur nachgeholt und ein paar Semester Medizin studiert. Aber die Schulmedizin, das war nichts für mich. Ein endloses Pauken von medizinischem Lehrstoff und unterm Strich letztlich doch keine Ahnung, zumindest keine praktische. Ich bin halt eher praktisch veranlagt und habe daher das Studium geschmissen und eine Ausbildung zum Heilpraktiker nachgeschoben. Damit verdiene ich seit fast vierzig Jahren meine Brötchen. Nur kleine Brötchen, um ehrlich zu sein, aber dafür wohlverdiente."

„Verstehe. Und was sollen die kleinen Skulpturen hier links und rechts darstellen?"

Er senkte nachdenklich den Blick für einen kurzen Moment und erwiderte dann: „Es ist das, was die meisten von uns auf ihrem letzten Weg erleben müssen, den Schmerz, die Angst, die Hoffnungslosigkeit, die Verzweiflung und die Einsamkeit."

„Haben Sie die gemacht?"

Er nickte.

„Und was hat sie dazu motiviert, wenn ich fragen darf?"

„Eigentlich genau das, was ich in all den Jahren bei vielen meiner Patienten miterleben musste, wenn man nichts mehr für sie tun kann und ihr Ende unausweichlich naht." Es fiel ihm sichtlich schwer, weiter darüber zu reden. „Jetzt haben wir aber lange genug über Gott und die Welt gequatscht", fuhr er schließlich fort. „Ich merke ja, dass Sie offenbar unter Schmerzen leiden. Ein Unfall, nehme ich an. Kommen Sie bitte mit in die Praxis, dann schaue ich mir das mal näher an und dann werden wir sehen, ob ich Ihnen helfen kann. Ich bin sicher, dass wir etwas dagegen tun und auch den Heilungsprozess beschleunigen können."

„Das wäre ja zu schön, um wahr zu sein", erwiderte ich, „aber eigentlich bin ich in einer anderen Angelegenheit zu Ihnen gekommen."

Er musterte mich skeptisch von oben bis unten. „Und die wäre?"

„Mein Name ist Horst, Nora Horst. Ich bin in einem Ermittlungsfall auf Ihren Namen gestoßen."

„In einem Ermittlungsfall? Was denn für ein Ermittlungsfall?", erwiderte er merklich verärgert was ich ihm auch nicht verdenken konnte. Ich hätte mich ihm auf jeden Fall sofort vorstellen müssen, aber unser Gespräch hatte sich halt einfach so entwickelt. Möglicherweise fühlte er sich dadurch ein bisschen hintergangen.

„Es handelt sich offen gestanden nicht nur um einen Fall, sondern gleich um mehrere Fälle, in denen vor zirka dreißig Jahren hier in Neunkirchen fünf Personen spurlos verschwunden sind. Vielleicht erinnern Sie sich ja noch daran."

„Nein, das tue ich nicht", unterbrach er mich heftig, „und ich habe jetzt auch keine Zeit mehr, mich länger mit Ihnen zu unterhalten. In der Praxis warten bestimmt schon die nächsten Patienten auf mich. Wenn Sie mich also jetzt entschuldigen würden", schob er nach und deutete mir mit einer Handbewegung an, das Grundstück zu verlassen.

„Nur noch eine letzte Frage, Herr Gutmann. Sagen Ihnen die Namen Hilde Lauer, Petra Woll, Elfriede Schmidt, Wolfgang Gerber und Edgar Bethscheider vielleicht etwas? Es sind die Namen der Vermissten. Waren Sie vielleicht früher mal bei Ihnen in Behandlung?"

„Nein, nie gehört", erwiderte er knapp und ließ mich einfach vor dem Haus stehen. Offensichtlich war er noch immer verärgert. Ich entschloss mich daher, die Angelegenheit zunächst auf sich beruhen zu lassen und ihn zu einem anderen Zeitpunkt noch einmal zu befragen.

Ein paar Tage später rief ich in seiner Praxis an. Eine weibliche Stimme meldete sich am Telefon mit: „Praxis für Homöopathie und Naturheilkunde Gutmann. Was kann ich für Sie tun?"

„Mein Name ist Nora Horst", erwiderte ich, „kann ich bitte Herrn Gutmann sprechen?"

„Das tut mir leid, Herr Gutmann ist für ein paar Tage verreist auf einen Kongress für Heilpraktiker. Möchten Sie einen Termin oder kann ich ihm vielleicht etwas ausrichten?"

„Nein, danke. Sind Sie seine Sprechstundenhilfe?"

Sie kicherte leise. „Eher sein Mädchen für alles, denn ich helfe ihm nicht nur in der Praxis, sondern auch im Haus und im Garten, mache für ihn die Einkäufe und was sonst noch so anfällt."

„Okay, ich verstehe. Vielleicht können Sie mir dann doch noch eine Frage beantworten. Wie lange werden denn bei Ihnen eigentlich Patientenakten aufgehoben?"

Wieder ein Kichern. „Normalerweise sind nur zehn Jahre vorgeschrieben, aber bei Herrn Gutmann ist so manches nicht normal. Er scheint eine Sammelleidenschaft für alte Akten zu haben und bewahrt sie bis zum Sanktnimmerleinstag auf. Sehr zu meinem Leidwesen, denn die füllen als Staubfänger immer mehr Schränke. Warum fragen Sie eigentlich?"

„Ach, nur so. Nicht weiter wichtig", erwiderte ich.

„Na schön. Soll ich ihm sagen, dass Sie angerufen haben?"

„Nicht nötig, ich melde mich einfach nächste Woche wieder, wenn er zurück ist."

„Prima. Ich habe ohnehin schon so viele Notizen für ihn, dass ich allmählich den Überblick verliere."

„Dann vergessen Sie meinen Anruf einfach. Auf Wiederhören."

„Nichts leichter als das", erwiderte sie und legte den Hörer auf.

Frust und Hunger

Bevor ich nach Hause zurückfuhr, nutze ich noch die Gelegenheit für ein paar Einkäufe im nahe gelegenen Einkaufsmarkt und gönnte mir anschließend im Café Sick noch ein Kännchen Kaffee.

„Na, Frau Meisterdetektivin, wie ist die Lage?", wurde ich von Christine begrüßt.

„Besch…eiden, aber nicht hoffnungslos", erwiderte ich.

„Wie kommst du in deinem Fall voran, Nora?"

„Mehrzahl, Christine, es sind eigentlich gleich fünf."

„Oh Gott, übernimm dich mal bloß nicht damit. Willst du auch ein Stück Kuchen? Sahne-Nuss wie immer?"

Ich schüttelte den Kopf. „Nee, lieber etwas Trockenes."

„Streußelkuchen, frisch gebacken?"

„Oh ja, das ist genau das Richtige, Christine, und davon kannst du mir nachher noch ein großes Stück zum Mitnehmen einpacken."

Ich blickte gedankenverloren aus dem bodentiefen Fenster hinaus auf den Oberen Markt und war merklich enttäuscht und frustriert darüber, dass ich noch immer völlig im Dunkeln tappte. Mir fiel auch partout nichts ein, wo ich sonst noch hätte ansetzen können. Ich würde noch ein paar Tage abwarten und mich dann noch einmal mit dem Heilpraktiker in Verbindung setzen. Wenn dabei wieder nichts herauskommen sollte, würde ich einen Abschlussbericht anfertigen und Beckmann mit der Bitte in die Hand drücken, mir ein paar andere Fälle zu übertragen. Ich verspürte überhaupt keine Lust mehr, mich immer nur mit diesen uralten Vermisstenfällen zu befassen. Dass das von meinen Vorgesetzten letztlich nur gut gemeint war, um nach der langen Auszeit langsam wieder Fuß fassen und mich auf die neue Aufgabe in aller Ruhe vorbereiten zu können, war mir durchaus bewusst. Aber nach so langer Zeit ist es halt verdammt schwer, ohne neue Erkenntnisse noch einmal die Vergangenheit aufrollen zu wollen. Es kam mir wie ein Stochern im Nebel vor. Frust erzeugt zuweilen Hunger, der auch mich plötzlich überkam, und so folgte dem sehr leckeren Streußelkuchen doch noch ein Stück Sahne-Nuss hinterher. Danach zahlte ich, ließ mir noch etwas Kuchen einpacken und machte mich auf den Weg nach Hause, wo mich meine tierischen Mitbewohner schon sehnsüchtig erwarteten, weil sich die Fütterung der Raubtiere zu deren Leidwesen mal wieder verzögert hatte.

Aktenschwund

Ein paar Tage später meldete ich mich wieder bei Herrn Gutmann und entschuldigte mich zuerst für das aus meiner Sicht etwas unglücklich verlaufene erste Gespräch.

„Schon gut", brummte er in den Hörer, „aber warum melden Sie sich eigentlich noch mal bei mir? Ich hatte Ihnen doch gesagt, dass ich Ihnen bei den Vermisstenfällen nicht weiterhelfen kann."

„Ja, ich möchte Sie aber trotzdem gerne bitten, Ihre Patientenakten noch einmal durchzusehen, ob sich nicht doch eine oder einer der fünf Vermissten darunter befindet." Ich gab ihm noch die persönlichen Daten der Betroffenen mit meinen Ermittlungsergebnissen bezüglich deren Erkankungen durch.

„Na schön, wenn Sie darauf bestehen. Ich werde meine Sprechstundenhilfe bitten, die Akten durchzusehen. Frau Köhler kann Ihnen dann telefonisch Bescheid sagen, ob sie fündig geworden ist. Machen Sie sich aber keine allzu großen Hoffnungen."

Nachdem ich ihm meine Telefonnummer durchgegeben hatte, bat ich darum, mich schnellstmöglich zu informieren.

„Kein Problem, spätestens übermorgen wissen Sie Bescheid", erwiderte er und beendete das Gespräch grußlos.

Frau Köhler meldete sich wie vereinbart zwei Tage später und ließ mich wissen, dass von den fünf Vermissten keine Patientenakten vorhanden seien. Irgendwie machte sie einen gedrückten Eindruck auf mich.

„Haben Sie auch wirklich alle Akten durchgesehen, ich meine auch die aus den Neunziger Jahren, Frau Köhler", fragte ich.

„Nein, wir haben nur noch Akten aus den letzten zehn bis zwölf Jahren im Schrank."

„Das verstehe ich jetzt aber nicht. Sie hatten mir doch vorige Woche selbst gesagt, dass Herr Gutmann alle Akten aufbewahrt hat."

Ein paar Sekunden betretenes Schweigen am anderen Ende der Leitung, und dann: „Das hat ja auch so gestimmt, als ich Ihnen das gesagt habe.

Aber, ich weiß ja auch nicht warum, vorgestern hat mich Herr Gutmann plötzlich beauftragt, alle Akten von ehemaligen Patienten, die älter als zehn Jahre sind, zu vernichten. Ich musste sie alle durch den Reißwolf jagen und war damit bis gestern Nachmittag beschäftigt."

„Hat er Ihnen denn einen Grund dafür genannt, Frau Köhler?"

„Ja, er hat gemeint, dass die Räumlichkeiten demnächst unbedingt mal gestrichen werden müssten und dass wir bei der Gelegenheit ohnehin die Schränke leerräumen und von altem Ballast, so hat er sich ausgedrückt, befreien müssten."

„Verstehe. Haben Sie den Aktenabfall noch irgendwo?"

„Oh je, nein, das waren ja mindestens ein halbes Dutzend prall gefüllter großer Müllsäcke."

„Und was ist mit denen passiert?"

„Herr Gutmann hat sie selbst entsorgt, aber fragen Sie mich bitte nicht wie und wo. Ich war heilfroh, dass ich mich nicht auch noch darum kümmern musste."

„Danke für die Auskunft, Frau Köhler. Falls sich noch Fragen ergeben sollten, melde ich mich wieder bei Ihnen", sagte ich und beendete das Gespräch.

„Teufel noch mal, wenn das keine Spur ist, Nora", sagte ich zu mir selbst. Eins stand jedenfalls jetzt für mich fest, Herr Gutmann hatte etwas zu verbergen, und zwar etwas, was mit dem Verschwinden der Gesuchten zu tun haben könnte, zumindest mit einem von ihnen. Aber was? So sehr ich auch darüber nachdachte, so wenig half es mir weiter. Ein Teufelskreis, weil ich in derartigen Fällen einfach nicht abschalten kann. Ich musste mich mit irgendetwas abzulenken versuchen. Kurz entschlossen warf ich mich ein bisschen in Schale und fuhr in die Stadt. Ein Bummel durchs Saarpark-Center und hinterher ein Salat im Brauhaus würden mich bestimmt auf andere Gedanken bringen. Zum Glück traf ich ein paar Bekannte, mit denen ich mich noch ein bisschen unbeschwert über Gott und die Welt unterhalten konnte. Es war schon fast elf Uhr abends, als ich nach Hause kam. Im Schlafzimmer nahm ich den Bilderrahmen mit Björns Foto vom Nachttisch. „Es war zwar ganz schön, heute Abend, aber ohne dich ist alles so leer, mein Schatz. Ich sehne mich so sehr nach dir und wünsche mir, dass du mich noch einmal in deinen Armen halten kannst und mir hilfst, so wie früher, als wir uns stundenlang über meine Fälle unterhalten haben. Mit dei-

ner Intuition hattest du nicht selten richtig gelegen. Gerade jetzt bräuchte ich so etwas. Du hast
doch jetzt den totalen Überblick von dort oben,
kannst du mir nicht helfen oder wenigstens ein
Zeichen geben?", seufzte ich, drückte dem zwei-
dimensionalen Björn einen Kuss auf den Mund
und löschte dann das Licht. Ich konnte nicht ahnen, dass meine Bitte noch in der gleichen Nacht
erhört werden sollte.

Traumbilder

Mitten in der Nacht, es war kurz nach drei Uhr, wachte ich schweißgebadet von einem seltsamen Traum auf. Ich sah mich und Björn im Garten des Heilpraktikers in Richtung des schmalen Wegs zum Gedenkstein der Familie Gutmann gehen. Während ich auf halbem Weg stehen blieb, ging Björn wie in Zeitlupe allein weiter und an an den fünf Skulpturen vorbei. Er betrachtete sie ausgiebig, blieb an der letzten Skulptur stehen, drehte er sich nach mir um und sah mich eine Weile schweigend an. Dann hob er die Hand zum Gruß, gerade so wie bei meiner Nahtoderfahrung, und war plötzlich wie vom Erdboden verschluckt. Danach war der Traum mit einem Schlag zu Ende.

Fast eine Viertelstunde saß ich aufrecht im Bett und grübelte, was das bedeuten könnte, aber mir fiel erneut nichts Gescheites dazu ein. *Du hättest dir doch vielleicht ein Traumdeutungsbuch ausleihen sollen*, kam mir in den Sinn, bis mich irgendwann die Müdigkeit übermannte und ich in einen tiefen und traumlosen Schlaf versank.

Nachdem ich aufgestanden war, gefrühstückt und die Tiere versorgt hatte, setzte ich mich auf die kleine Holzbank hinter dem Haus, von der man einen schönen Ausblick hinunter ins Wagwiesental und auf den Steinwald hatte. Ich genoss die warmen Strahlen der Frühlingssonne und spulte vor meinem geistigen Auge noch einmal diesen merkwürdigen Traum ab. Es war eindeutig eine Botschaft von Björn, daran hatte ich jetzt nicht mehr den geringsten Zweifel. Aber was hatte er mir damit sagen wollen und was hatte es mit diesen Steinskulpturen zu tun, die auf mich einen bedrückenden Eindruck machten? Ich richtete den Blick zum Himmel und murmelte leise: „Warum gibst du mir bloß solche Rätsel auf, Björn. Spann mich bitte nicht länger auf die Folter, mein Schatz." Im gleichen Moment musste ich schallend lachen, weil mir Björns mögliche Antwort darauf spontan eingefallen war. Er hätte mir garantiert darauf erwidert: „Bin ich hier der Detektiv oder du? Du musst deine grauen Zellen schon selbst ein bisschen anstrengen, Frau Oberkommissarin."

Also gut, dachte ich mir, dann *wollen wir doch mal die Traumbilder rekapitulieren*. Im ersten

Traum waren es fünf Ringe, die sich miteinander verbunden hatten. Ein Zeichen vermutlich, dass die fünf Fälle doch irgendwie zusammenhingen? Keine Ahnung. Im zweiten Traum waren es wieder fünf Ringe, auf denen wir eine Punktlandung machen wollten und mit der Gondel darauf abstürzten. Etwa eine todsichere Punktlandung? Aber in dem Traum heute Nacht waren keine Ringe mehr zu sehen, nur diese merkwürdigen Skulpturen, die nach Gutmanns Erläuterungen wohl so etwas wie Endzeiterfahrungen darstellen sollten. Aber was im Einzelnen, daran konnte ich mich nicht mehr so genau erinnern. Aber warum war Björn ausgerechnet vor diesen Skulpturen wie vom Erdboden verschluckt worden? Plötzlich traf mich ein Gedanke wie ein Blitz. Waren es nicht auch fünf Skulpturen, also genau so viele wie die fünf Ringe beziehungsweise die fünf Vermissten? Doch warum waren anstatt der abstrakten Ringe in den beiden ersten Träumen im dritten Traum auf einmal körperähnliche Skulpturen zu sehen? Und hatte sein Abtauchen vielleicht damit zu tun, dass er mir signalisieren wollte, dass …?

„Stopp Nora, mit dir geht jetzt die Fantasie heftig durch. Du hast wohl zu lange in der Sonne gesessen", gebot ich meinen Traumdeutungsversuchen selbst Einhalt. Ich war über meine Gedankengänge, die mir plötzlich als völlig absurd erschienen, selbst entsetzt. *Du musst dich ja in Grund und Boden schämen, als ausgebildete Kriminalistin so einen Blödsinn zu verzapfen,* versuchte ich mich selbst zu maßregeln. Hastig sprang ich von der Bank auf, ging in den Keller und füllte dort die Waschmaschine, um danach alle Möbel in der Wohnung abzustauben. Ein verzweifelter Versuch, scheinbar unsinnige Gedanken abzuschütteln. Gegen Abend hatte ich mich wieder einigermaßen beruhigt und je länger ich darüber nachdachte, umso weniger absurd erschienen mir die Gedanken von heute Morgen. In mir begann ein Schlachtplan zu reifen, wie ich in der Sache vielleicht doch noch vorankommen könnte. Ein riskanter Schlachtplan, mit dem ich mich bis auf die Knochen blamieren würde, wenn ich damit daneben liegen sollte. Ein Schlachtplan auf Basis einer Intuition, ganz entgegen meinem ansonsten nüchternen, sachlichen und faktenbasierten Arbeitsstil. *Aber was hast du schon zu verlieren, Nora,* versuchte ich mich selbst dafür zu motivieren. Und scheinbar zu Björn nach oben gewandt hob ich warnend den Zeigefinger und sagte: „Eins verspreche ich dir, du Göttergatte, wenn das schief geht, dann entgehst du mir selbst im Himmel nicht und wirst dir wünschen, lieber in der Hölle gelandet zu sein." Laut lachend über diese Art von Galgenhumor ging ich im Wohnzimmer zum gemütlichen Teil des Abends über, der diesmal allerdings nicht lange währte. Lustlos schaltete ich mich durch ein halbes Dutzend Fernsehkanäle, legte die Flimmerkiste schließlich mit einem Knopfdruck still und griff nach dem Buch auf dem Couchtisch, das schon wochenlang darauf wartete, ausgelesen zu werden. Aber auch hier war nach etwa drei Seiten Schluss, weil mir die Augen zufielen und das Buch mal wieder ohne Lesezeichen zugeklappt auf dem Boden landete.

Zusätzliche Aufgabe

Am nächsten Morgen klingelte gegen elf Uhr das Telefon. Beckmann war am Apparat.

„Hallo Frau Horst", begrüßte er mich, „ich hoffe es geht Ihnen gut." Ohne eine Antwort von mir abzuwarten fuhr er fort: „Sie sind ja jetzt schon einige Wochen an den Vermisstenfällen dran. Ich gehe mal davon aus, dass sich zwischenzeitlich noch immer nichts verwertbar Neues ergeben hat, sonst hätten Sie mich ja bestimmt schon informiert. Ich denke, wir sollten diese Fälle endgültig zu den Akten UNGELÖST geben."

Obwohl ich ihm noch vor ein paar Tagen sofort zugestimmt hätte, erschien es mir gerade jetzt nach der Aktenvernichtungsaktion nicht opportun. Nachdem ich meinem Chef den Vorfall geschildert hatte, wirkte seine Reaktion darauf eher etwas ernüchternd auf mich.

„Na ja, Frau Horst, der Mann hat damit ja nichts weiter getan, als sein gutes Recht auszuüben. Ob das etwas mit den Vermisstenfällen zu tun haben könnte, darauf vermag ich mir offen gestanden keinen Reim zu machen, oder glauben Sie im Ernst, dass er für ihn belastende Akten für jedermann zugänglich in Patientenschränken aufbewahren würde. Und selbst wenn, dann wäre es ja jetzt ohnehin zu spät, nachdem sie letztlich doch entsorgt wurden."

Damit hatte Beckmann natürlich nicht unrecht. Mit meinen Träumen und Intuitionen konnte ich ihm jetzt beim besten Willen nicht kommen. Krampfhaft überlegte ich daher, wie ich ihn dennoch davon überzeugen könnte, mir wenigstens noch ein paar Tage Zeit zu lassen, doch er fasste mein Schweigen offenbar als Zustimmung auf.

„Machen Sie sich mal keine Sorgen oder Vorwürfe, Frau Horst, ich hatte von Anfang an eher Zweifel daran, ob wir diese Nuss nach dreißig Jahren tatsächlich noch knacken können, aber es sollte ohnehin nur ein erster Einstieg für Sie sein. Ich habe nämlich noch einen anderen Fall für Sie, der …", er schwieg für ein paar Sekunden und fuhr dann fort, „wie soll ich es sagen, der in meinen Augen eigentlich kein echter Cold Case

Fall ist, weil es ein ganz aktueller Fall ist, von dem ich gerade eben erst erfahren habe."

„Entschuldigen Sie bitte, Herr Beckmann, ich verstehe offen gestanden nicht ganz, was Sie damit sagen wollen. Entweder es ist ein Altfall oder nicht, und wenn …"

„Lassen Sie es mich bitte erklären", unterbrach er mich. „In Wiebelskirchen wurde ein altes Wochenendhäuschen abgerissen, das schon jahrelang leer stand. Die Holzhütte war völlig marode und sollte einem kleinen gemauerten Neubau weichen. Beim Erdaushub für ein Fundament hat man eine skelettierte Frauenleiche entdeckt, die vermutlich schon etwa zwanzig Jahre dort lag. Genaueres kann der Rechtsmediziner allerdings erst sagen, wenn alle Untersuchungen abgeschlossen sind. Bezogen auf die Leiche ist es sicherlich ein Altfall, der aber erst gestern Nachmittag entdeckt wurde, den man insofern durchaus als aktuellen Fall einstufen könnte, wenn man denn wollte. Ich will´s kurz machen, es gibt hier im LKA kontroverse Meinungen darüber, wer nun dafür zuständig sein soll Aber in der Dezernatsleiterrunde heute Vormittag wurde beschlossen, dass wir uns darum kümmern sollen. Meine Einwände dagegen fielen leider nicht auf fruchtbaren Boden. Als relativ Neuer hat man halt einfach nicht die besten Karten. Ich habe daher zähneknirschend zugestimmt, dass wir uns darum kümmern werden. Was sollte ich auch sonst tun."

„Und mit *wir* haben Sie niemand anderes als mich gemeint, Herr Beckmann, oder?"

Betretenes Schweigen am anderen Ende der Leitung, und dann ein zerknirschtes: „Ja, ich gestehe es, Frau Horst, aber es ist ja immerhin in Ihrem Revier. Ich kann doch sicher auf Sie zählen, oder?"

Ich musste schmunzeln über seine offene und ehrliche Art, ließ mir aber nicht anmerken, dass mir mein Chef damit auch eine hervorragende Gelegenheit zum Weitermachen im bisherigen Fall geliefert hatte. „Natürlich, aber nur unter einer Bedingung."

„Keine Sorge, die Vermisstenfälle schließen wir natürlich endgültig ab, sodass Sie sich ganz auf den neuen Fall konzentrieren können."

„Auf den neuen alten Fall wollten Sie wohl sagen", warf ich in süffisantem Unterton ein.

„Ich ... äh, Sie verwirren mich noch völlig, Frau Horst. Sie wissen schon, was ich meine. Und jetzt zu Ihrer Bedingung, die da lautet ...?"

„Ganz einfach. Ich übernehme zusätzlich die Frauenleiche und Sie geben mir noch ein paar Tage Zeit, nach den fünf Vermisten zu suchen."

„Mmh, aber das macht doch keinen Sinn, Frau Horst."

„Abwarten. Geben Sie mir bitte Ihre Zustimmung. In spätestens einer Woche haben Sie meinen Abschlussbericht auf dem Tisch, so oder so."

„Na schön, Sie Dickschädel, aber tun Sie mir bitte den Gefallen, sich den Tatort oder treffender gesagt den Fundort der Leiche heute noch anzuschauen, damit ich meinen Kollegen und Vorgesetzten zumindest dokumentieren kann, dass wir die Arbeit bereits aufgenommen haben. Außerdem ist die Spurenermittlung wohl noch den ganzen Tag dort. Deal or no Deal, Frau Horst?"

„Deal natürlich, Herr Beckmann", erwiderte ich schmunzelnd.

Ich bekam ein Lachen von ihm zur Antwort, gefolgt von einem: „Mit Ihnen habe ich ja echt einen Fang gemacht, Frau Oberkommissarin."

„Das sehe ich umgekehrt eigentlich genau so, Herr Beckmann."

„Sie geben wohl nie auf? Aber das ist auch gut so. Haben Sie was zu schreiben, dann gebe ich Ihnen noch die Adresse in Wiebelskirchen durch."

Zwei Stunden später war ich an der angegebenen Adresse in der Lessingstraße in Wiebelskirchen. Eine etwas abgelegene, aber dafür umso schönere Gegend im zweitgrößten Neunkircher Stadtteil, in der ich noch nie zuvor war. Am unteren Ende des zur Schillerstraße abfallenden Grundstücks, lagen einige Wochenendgrundstücke vor der Bliesaue, auf denen es sich Hühner, Enten und Schafe gut gehen ließen. Direkt dahinter suchte sich die Blies schlängelnd ihren Weg durch die flache Auenlandschaft. Kurzzeitig kamen spontane Urlaubsgefühle in mir hoch, bis ich die Kollegen von der Spurensicherung entdeckte, die noch fleißig zugange waren.

„Hallo Nora", begrüßte mich Helmut, der Leiter der kleinen Truppe und deutete ungefragt auf eine ausgehobene Grube. „Hier hat man die Leiche gefunden."

„Und wer ist bitteschön *man*, Helmut?"

„Da drüben die beiden Typen, die uns den ganzen Tag im Weg rum stehen und permanent mit Fragen nerven. Der da mit der Glatze hat den unteren Teil des Gartens wohl von der Hausbesitzerin gepachtet, eine ältere Dame, die nach dem

Leichenfund einen Schock erlitten hat und jetzt im Krankenhaus liegt."

„Aha, und wo ist die Leiche? Ich nehme an, schon bei den Rechtsmedizinern zur Autopsie."

Helmut nickte.

„Habt ihr denn ansonsten schon etwas Verwertbares für mich gefunden?"

„Nein, Nora, wir durchforsten hier schon seit gestern Nachmittag jeden Quadratmillimeter. Aber heute schließen wir auf jeden Fall ab. Ich schicke euch meinen Bericht wie immer direkt zu."

Ich schüttelte den Kopf. „Du hast es vermutlich noch nicht mibekommen, aber ich bin seit ein paar Wochen hier in der Inspektion in der Falkenstraße. Aber am besten schickst du ihn mir gleich nach Hause. Warte, ich schreibe dir meine Adresse und die Telefonnummer hier auf den Zettel."

„Geht nicht, Nora, der Dienstweg muss eingehalten werden. Wie war noch mal die Bezeichnung deiner neuen Einheit?"

„Oh ja, der Dienstweg. Wie konnte ich das bloß vergessen? Ich bin jetzt in LPP 299, und der Chef heißt Sven Beckmann."

„Gut. Ich schicke dir den Bericht aber gerne parallel dazu per E-Mail. Hat sich deine E-Mail Adresse auch geändert?"

Ich schüttelte den Kopf.

„Aber jetzt mal im Ernst, du in Neunkirchen, was machst du denn um Himmels Willen in der Provinz?"

„Von wegen Provinz, du bist hier in der zweitgrößten Stadt des Saarlandes. Nicht nur das, sie ist auch meine Heimatstadt, und was ich hier mache, ist ´ne längere Geschichte, Helmut, die ich dir aber wegen deiner despektierlichen Bemerkung erst später erzählen werde. Jetzt möchte ich mich zuerst noch mit den beiden Typen unterhalten, bevor die weg sind."

Helmut lachte. „Keine Angst, Nora, die stehen hier wie angewurzelt und gehen garantiert erst, wenn auch wir unsere Koffer packen."

„Trotzdem, Helmut", erwiderte ich und ging zu den beiden Männern, denen ich mich als Ermittlerin im vorliegenden Fall vorstellte.

„Mang, Holger Mang", erwiderte der mit der Glatze, schüttelte mir die Hand und stellte mir den anderen vor. „Und das hier ist mein Freund Timo Klein."

„Sie haben den Garten gepachtet, wie ich gehört habe, Herr Mang."

Er schüttelte den Kopf. „Nicht gepachtet, ich darf ihn aber für eigene Zwecke nutzen, zumindest den unteren Teil. Ursula, ich meine Frau Scholler, die Hausbesitzerin, hat es mir erlaubt. Sie ist schon über achtzig und kann sich selbst nicht mehr um den Garten kümmern. Timo und ich machen das schon ein paar Jahre für sie. Und als ich ihr vor einiger Zeit gesagt habe, dass ich mir irgendwo selbst ein Wochengrundstück pachten wolle und dann leider keine Zeit mehr hätte, mich auch noch um ihren Garten zu kümmern, hat sie mir das Angebot gemacht, dass ich den Garten auch für mich selbst nutzen dürfte, aber nur, wenn ich sie nicht im Stich lasse. Na ja, das ist natürlich optimal für uns beide, denn ich brauche ihr keine Pacht zu bezahlen."

„Ach so, jetzt verstehe auch Ihr Kopfschütteln. Erzählen Sie doch bitte mal, wie Sie die Leiche entdeckt haben."

Er sah mich an, kratzte sich verlegen am Kopf und erwiderte: „Aber das habe ich doch alles schon Ihren Kollegen mehr als einmal brühwarm erzählt."

„Natürlich, Herr Mang, aber ich möchte es gerne aus Ihrem berufenen Munde hören, ungefiltert, wenn Sie so wollen."

Ich hatte wohl instinktiv die richtigen Worte getroffen, denn er nickte mir mit merklich stolzgeschwellter Brust zu. „Also gut, Frau Horst, ich weiß nur nicht genau, wo ich anfangen soll. Na ja, hier stand ursprünglich mal eine kleine Gartenlaube, die Herr Scholler schon vor ein paar Jahrzehnten zusammengezimmert hatte. Ehrlich gesagt, ein ziemlich hässlicher Schuppen aus Holz, das wohl nie behandelt wurde. Jedenfalls war das Ding völlig morsch und verfault. Daher wollten Timo und ich uns hier aus Ytong-Steinen ein kleines Häuschen selbst bauen. Timo arbeitet als Helfer bei einem Baustoffhändler und bekommt das ganze Baumaterial sehr günstig. Vorgestern haben wir angefangen und zuerst die Holzhütte abgerissen. Das war im Nu erledigt. Das alte Holz liegt dort drüben. Das kann man aber noch als Feuerholz verwenden. Na ja, obwohl es schon ziemlich spät am Nachmittag war, haben wir dann noch begonnen, ein kleines Fundament auszuheben. Tja, und dabei sind wir dann auf eine Art Leinensack gestoßen, ein ziemlich großer, der arg modrig gerochen hat. Wir beiden waren natürlich sehr gespannt, welchen verborgenen Schatz wir da wohl entdeckt haben, bis

…", er schwieg für ein paar Sekunden und starrte vor sich hin. Dann fuhr er fort. „Doch als wir den Sack geöffnet haben, hat uns fast der Schlag getroffen. Ein völlig skelletierter Körper lag drin, dessen Knochen praktisch nur von vermoderten Kleidungsstücken zusammengehalten wurden. Eine richtig gruselige Szene, genau so wie in einem Horrorfilm. Ein Leichenfund im fahlen Mondlicht sozusagen. Ja, das war´s eigentlich. Mehr kann ich dazu nicht sagen."

„Vielen Dank, Herr Mang. Haben Sie beide vielleicht eine Ahnung, wer das gewesen sein könnte."

„Sie meinen die Leiche?"

Ich nickte, worauf die beiden mit einem Kopfschütteln reagierten.

„Nicht die geringste.", erwiderte Herr Klein.

„Und Frau Scholler?"

„Herr Mang zuckte die Schultern. „Keine Ahnung, aber das kann ich mir eigentlich nicht vorstellen. Wir mussten es ihr ja sagen und darauf hat sie völlig aufgeregt reagiert. *Um Himmels Willen, eine Leiche bei uns im Garten, das kann doch nicht wahr sein*, hat sie immer wieder gestöhnt und dann ist sie plötzlich zusammengeklappt. Wir haben sofort den Notruf alarmiert und die waren auch schon ein paar Minuten später mit Notarzt und Rettungswagen hier und haben sie dann ins Krankenhaus mitgenommen."

„Gibt es denn auch einen Herrn Scholler?"

„Nein, oder besser gesagt, der ist schon lange Jahre tot."

„Gut, dann weiß ich fürs Erste Bescheid", erwiderte ich und ließ mir die Adressen von den beiden geben.

Viele Gedanken schwirrten mir bei der Heimfahrt durch den Kopf. Unternehmen konnte ich in diesem Fall vorerst noch nichts. Ich würde zunächst die Ergebnisse der Autopsie und der Spurensicherung abwarten müssen, um eine konkrete Grundlage für weitere Ermittlungen zu haben. Ob Frau Scholler schon vernehmenungsfähig war, erschien mir zudem mehr als fraglich.

„Da hast du dir aber einen nicht minder mysteriösen Fall aufs Auge drücken lassen, Frau Horst", begann ich ein Selbstgespräch, nicht ohne Björn mit einzubinden. „Was meinst denn du dazu, mein Schatz? Du weißt doch im Gegensatz zu mir bestimmt schon wieder alles, oder?"

Keine Antwort ist auch eine Antwort, mein Lieber, dachte ich mir und fuhr fort. „Es ist zum verrückt werden. Bei dem ersten Fall habe ich fünf Vermisste und keine Leiche, und beim zweiten zwar eine Leiche, aber offenbar keine Vermisste." Ich richtete kurz den Blick nach oben und sagte. „Zwei verdammt schwierige Fälle, aber auch eine hochinteressante neue Herausforderung für mich. Du darfst mir dabei allerdings gerne ein bisschen Hilfestellung geben, mein Himmelsbote."

Im gleichen Moment überkam mich ein heftiger Gefühlsschauer, der mir eine Gänsehaut bescherte. Es fühlte sich fast so an, als würde mich ein unsichtbares Geistwesen umarmen.

Attacke

Am nächsten Tag widmete ich mich wieder meinen fünf Vermissten und fuhr ganz bewusst während der Mittagspause in die Praxis von Herrn Gutmann, den ich erneut bei der Arbeit im Garten antraf. Offenbar ein willkommener Ausgleich für ihn.

„Sie schon wieder", begrüßte er mich. Man spürte förmlich, wie ihn meine Ermittlungen zu stören schienen. „Hat Ihnen Frau Köhler denn nicht gesagt, dass die Suche nach Akten vergeblich war."

„Doch das hat sie, Herr Gutmann, aber das ist ja auch kein Wunder, weil Sie zuvor alle alten Akten vernichtet haben."

„Wie kommen Sie denn bloß auf so eine Idee, ich …"

„Hören Sie mir jetzt bitte ganz genau zu, denn es geht um Ihr Schicksal", unterbrach ich ihn. „Uns liegen konkrete Hinweise vor, die Ihren

Schutzbehauptungen jegliche Grundlage entziehen. Wir wissen nämlich, dass Sie buchstäblich über Nacht Patientenakten vernichtet haben." Woher ich diese Information hatte, verschwieg ich jedoch im Interesse der Sprechstundenhilfe. „Ich werde einen Durchsuchungsbeschluss für Ihr Anwesen beantragen, und seien Sie versichert, wir werden bei Ihnen keinen Stein auf dem anderen lassen, nicht nur im Haus, sondern auf dem ganzen Grundstück. Wir werden allem hier auf dem Anwesen unsere Aufmerksamkeit schenken, denn wir sind hierfür kriminaltechnologisch bestens ausgestattet. So, und das war´s auch schon, was ich Ihnen sagen wollte. Ich habe jetzt leider noch einen anderen Termin, bin aber am späten Nachmittag wieder telefonisch für Sie zu erreichen. Meine Nummer haben Sie ja." Ich schwieg ganz bewusst für ein paar Sekunden, sah ihn mit durchdringenden Augen an und fuhr dann fort: „Ich kann Ihnen in Ihrem eigenen Interesse nur dringend raten, mir die Wahrheit zu sagen, und zwar bevor wir hier mit der konkreten Ermittlungsarbeit beginnen. So etwas wiegt vor Gericht bedeutend mehr, als eine Aussage hinterher." Dann machte ich auf dem Absatz kehrt und ließ ihn einfach im Garten stehen, nicht ohne vorher registriert zu haben, dass er plötzlich kalkweiß im Gesicht wurde und an allen Gliedern zu zittern begann. Irgendwie tat er mir zwar ein bisschen leid, denn ich hatte eigentlichen keinen schlechten Eindruck von ihm. Ein altes Sprichwort sagt allerdings auch, dass der Zweck die Mittel heiligt. Ich hoffte daher auch in meinem eigenen Interesse sehr, dass sich dieses Sprichwort im vorliegenden Fall bewahrheiten würde.

Zuhause war ich kaum in der Lage, mich auf etwas anderes zu konzentrieren und setzte mich zur Ablenkung vor den Fernseher. Irgendeine von den unendlich vielen Ratesendungen lief, bei der ein dümmlich wirkender Moderator irgendwelchen Möchtegernprominenten idiotische Fragen stellte, die keinen Menschen ernsthaft interessieren. Aber so füllt man halt überaus preisgünstig Sendezeiten. Auch ein Umschalten auf den Sportkanal, in dem ein Dart-Turnier übertragen wurde, steigerte den Unterhaltungswert keinen Deut sodass ich die Flimmerkiste schließlich genervt ausschaltete und in den Garten ging.

Immer wieder ließ ich meinen Auftritt bei Herrn Gutmann Revue passieren. War ich nicht doch zu forsch gewesen und hatte zu hoch gepokert? Was wäre, wenn sich meine Intuitionen als Luftnummer erweisen sollten? Nicht auszudenken, die Blamage, wenn eine angesehene Kriminalistin wie ich sich und damit die ganze Polizei bis auf die Knochen blamieren würde, vom damit verbundenen Ärger mal ganz abgesehen. Mir würde letztlich nichts anderes übrig bleiben, als den Dienst freiwillig zu quittieren. In diesem Moment klingelte das Telefon und riss mich aus meinen Albträumen am helllichten Tag. Ob es der insgeheim erhoffte Anruf war?

Auflösung

Als ich den Hörer abhob, war ein paar Sekunden lang nur schweres Atmen zu hören. „Hallo, wer ist denn dran?", fragte ich.

„Rainer Gutmann", bekam ich zur Antwort.

Man spürte förmlich, wie schwer ihm dieser Anruf offenbar fiel. Ich versuchte daher, meinerseits die gespannte Atmosphäre etwas aufzulockern. „Hallo Herr Gutmann, das freut mich sehr, dass Sie sich bei mir melden. Ich denke, wir beide sollten uns mal in aller Ruhe unter vier Augen unterhalten."

„Ja, Frau Horst, deshalb rufe ich auch an. Morgen ist Samstag und die Praxis geschlossen. Frau Köhler ist dann auch nicht da. Das wäre also eine gute Gelegenheit, falls Sie das an Ihrem freien Wochenende einrichten können."

„Machen Sie sich mal darüber keine Sorgen, Herr Gutmann, denn ein deutscher Beamter ist immer im Dienst, selbst als Frau." Meine betont witzig formulierte Antwort verfehlte allerdings die gewünschte Wirkung.

„Gut. Sagen wir um zehn Uhr vormittags?"

„Mir wäre eine Stunde später lieber, denn ich muss noch …"

„Kein Problem", unterbrach er mich, „also dann um elf Uhr morgen." Ein Klicken in der Leitung signalisierte mir, dass er den Hörer einfach aufgelegt hatte.

Am nächsten Tag empfing er mich an der Haustür. Er schien über Nacht um Jahre gealtert zu sein. Eine brüchige Stimme, ein kalkweißes Gesicht und dunkle Ringe unter den Augen sprachen jedenfalls Bände.

„Wir gehen am besten ins Untersuchungszimmer. Dort habe ich nämlich einige Unterlagen für Sie vorbereitet", sagte er und schlurfte ein paar Stufen zur Praxis hoch. „Nehmen Sie bitte am Schreibtisch Platz", sagte er und schob mir einen altmodischen Holzstuhl mit Kissen und Armlehnen unter. „Hier auf dem Tisch finden Sie die gesuchten Akten."

Tatsächlich, fein säuberlich nebeneinander aufgereiht standen dort fünf Aktenordner, die auf den Aktenrücken mit den Namen der Vermissten beschriftet waren. Damit hatte ich beim besten

Willen nicht gerechnet. „Aber Sie haben doch gerade erst eine ganze Menge Altakten entsorgt. Warum denn nicht auch diese Akten, Herr Gutmann?" Ich registrierte darauf ein kaum wahrnehmbares Lächeln von ihm.

„Das war zugegebenermaßen eine Dummheit von mir, weil ich geglaubt hatte, ich könnte damit einem Verdacht, den sie ja offensichtlich gegen mich hegen, entgegenwirken."

„Ja, aber warum haben Sie denn dann nicht gerade auch die Akten der Vermissten entsorgt? Gerade die sind doch von Nachteil für Sie."

„Nein, Frau Horst, denn gerade die belegen, dass mich letztlich keine Schuld trifft, zumindest keine moralische." Ich war für ein paar Sekunden völlig verwirrt und sprachlos, was er offensichtlich zu bemerken schien. „Geben Sie mir bitte die Gelegenheit, Ihnen alles in Ruhe zu erklären. Danach können Sie immer noch Ihre Fragen stellen. Ich hoffe, Sie haben genügend Zeit mitgebracht, denn es wird eine längere Geschichte werden."

Mein zustimmendes Nicken war Auftakt zu einer schier unglaublichen Geschichte.

„Ich muss einfach etwas weiter ausholen, damit Sie alles richtig verstehen und nachvollziehen können, Frau Horst. Ich habe mein Medizinstudium vor langer Zeit nicht etwa geschmissen, weil ich damit überfordert gewesen wäre. Ich hatte damit vielmehr ein völlig anderes Problem, weil die Schulmedizin nun mal von einem Arzt fordert, alles nur Erdenkliche zu unternehmen, um Kranke zu heilen, selbst dann noch, wenn es aussichtslos und für den Patienten nur noch eine Qual sein sollte. Jedenfalls war das während meiner Studienzeit noch sehr ausgeprägt. Der Hippokratische Eid sagt auch Ihnen sicherlich etwas, nachdem man sein Handeln als Arzt primär auf die Erhaltung von Leben ausrichten muss, was viele Ärzte damals als Aufforderung zum Kampf um jeden Preis für den Erhalt von Leben verstanden. Ich hatte zu der Zeit allerdings jahrelang hilflos mit ansehen müssen, wie erst mein Vater an Lungenkrebs und danach meine Mutter an Gebärmutterhalskrebs elend sterben und auf dem Weg dorthin sinnlose Operationen, Bestrahlungen und Chemotherapien über sich ergehen lassen mussten, nur weil man Patienten auch auf Verlangen kein tödliches Mittel verabreichen und ihnen auch nicht dazu raten darf. Meine Eltern und am Ende auch ich haben die Ärzte damals angefleht, diesen unerträglichen Qualen endlich ein humanes Ende zu setzen, genau so, wie man auch ein unheilbar krankes Tier von seinem Leiden erlösen kann."

Ich reagierte spontan geschockt und empört zugleich darauf. „Ich bitte Sie, Herr Gutmann, Sie werden doch nicht ein Tier mit einem Menschen gleichsetzen wollen."

„Und warum nicht, Frau Horst? Jeder Mensch und jedes Tier sind Geschöpfe Gottes und alle haben eine Seele. Tiere empfinden genau so wie ein Mensch, wenn ihnen Gutes oder Böses angetan wird. Und Tiere können Liebe in einem oft weitaus besseren Ausmaß empfinden und vermitteln als wir Menschen. Tiere empfinden auch Schmerzen und Qualen genau so wie ein Mensch. Ich darf gar nicht daran denken, welche Grausamkeiten hilflose Tiere zum Beispiel in Schlachthäusern erleiden müssen. Ich ernähre mich deshalb auch schon seit vielen Jahren vegetarisch und hoffe, dass die Menschheit endlich einsieht, dass sie mit ihrer grenzenlosen Gier nach möglichst viel und möglichst billigem Fleisch oder Wurst letztlich den Auftrag für ein barbarisches Abschlachten im Akkord erteilt. Wir alle müssen begreifen, dass unser Konsumverhalten auch in anderen Bereichen Auslöser für grenzenloses Unrecht ist." Er hielt völlig erregt für ein paar Sekunden inne und fuhr dann fort: „Aber ich will hier ja keine Vorträge halten, sondern Ihnen erklären, was es mit den Vermissten auf sich hat. Nachdem ich mein Studium der Medizin vorzeitig abgebrochen hatte, weil ich den hippokratischen Verpflichtungen eines Arztes nicht nachkommen wollte und konnte, konzentrierte ich mich ganz auf die Naturheilkunde und engagierte mich zudem in verschiedenen Aktionen und Bündnissen für eine humane Sterbehilfe. Natürlich erregte ich damit auch Aufsehen in der Öffentlichkeit und in den Medien, zwar keine bundesweite, aber zumindest eine regionale. Und so kamen zwangsläufig auch einige Patienten in meine Praxis, die unheilbar krank waren und sich sinnlosen medizinischen Behandlungen nicht länger aussetzen lassen wollten. Ich habe mich lange gegen ihr Bitten und Flehen um Sterbehilfe gewehrt und den Menschen stattdessen schmerzlindernde und beruhigende Tropfen oder Salben verordnet. Ich hätte ihnen zwar gerne anders geholfen, aber dann hätte ich mich strafbar gemacht und meine Existenz aufs Spiel gesetzt. Doch dazu war ich weder bereit noch in der Lage, bis …", er deutete auf die Akte von Frau Lauer und fuhr fort, „bis sie mich damit konfrontierte, dass ich letztlich doch weiter nichts als ein Maulheld sei, der seinen Worten keine Taten folgen lässt. Das hat mir wirklich sehr zu schaffen gemacht, denn sie hatte damit ja grundsätzlich nicht unrecht. Buchstäblich auf Knien hatte sie mich angefleht, ihr doch zu helfen und sie endlich zu erlösen.

Nicht nur einmal, sondern immer wieder. Und so habe ich dann eines Tages tatsächlich alle Bedenken und Ängste überwunden und sie von ihren Leiden erlöst, auf eine sehr einfühlsame, sanfte und schmerzlose Art und Weise wohlgemerkt."

Ich war völlig überrascht von diesem ebenso ungewöhnlichen wie unerwarteten Geständnis und wusste gar nicht, wie ich darauf reagieren sollte. „Was hatte sie denn eigentlich genau und wie haben Sie sie getötet? Wann war das denn und wo ist ihre Leiche? Außerdem muss ich noch wissen …"

„Sie finden auf alle Ihre Fragen sehr detaillierte Angaben hier in der Akte, nicht nur in der von Frau Lauer, sondern auch in denen von Frau Woll, Frau Schmidt, Herrn Gerber und Herrn Bethscheider. Doch lassen Sie mich bitte meine Geschichte zuerst noch ganz zu Ende bringen. Ich will es für Sie ganz kurz machen, Frau Horst und stehe Ihnen danach natürlich auch für nähere Angaben zur Verfügung. Wie soll ich es Ihnen erklären, nachdem ich dem Drängen zum ersten Mal nachgegeben hatte, war bei mir irgendwie ein Bann gebrochen, und so kam es schließlich auch in den vier anderen Fällen zu den Sterbehilfen. Dabei will ich es jetzt bewenden lassen, weil ich merke, dass Sie sich mit Ihren Fragen kaum noch zurückhalten können."

Nach dieser schier unglaublichen Geschichte, die ich gerade zu hören bekommen hatte, schlugen die Gedanken in meinem Kopf förmlich Purzelbaum. „Ich muss gestehen, Herr Gutmann, dass ich in über fünfundzwanzig Jahren Polizeidienst noch nie so einen Fall wie diesen zu bearbeiten hatte. Ich muss mich daher zuerst einmal ein bisschen sammeln, möchte Ihnen aber vorab für Ihr offenes und freiwilliges Geständnis danken. Lassen Sie mich bitte zuerst noch ein paar grundsätzliche Fragen stellen, bevor ich alles Weitere veranlassen werde. Ich denke Sie wissen schon, was Sie danach erwarten wird", sagte ich, was er kopfnickend quittierte.

„Ich komme noch mal auf meine eingangs gestellte Frage zurück. Warum haben Sie denn ausgerechnet die Akten, die Sie belasten, nicht auch entsorgt?"

Er schüttelte den Kopf. „Weil diese Akten natürlich nicht im Schrank bei den Patientenakten, sondern für Dritte unzugänglich in einem Wandtresor lagen. Und sie belasten mich auch nicht, ganz im Gegenteil. Sie werden nämlich in allen Akten unter anderem auch eine handschriftliche Erklärung der Betroffenen finden, dass sie mich

146

mehrfach um aktive Sterbehilfe gebeten und ich das zunächst mehrfach abgelehnt hatte. Sie haben alle bestätigt, dass die Sterbehilfe auf ihren ausdrücklichen Wunsch erfolgen würde und sie alle mich daher von einer Schuld an ihrem Tod freisprechen."

„Ich fürchte, das wird Ihnen vor Gericht nichts nützen, Herr Gutmann, denn rein rechtlich ist das ein strafbarer Tatbestand."

„Ich weiß es nur zu gut, Frau Horst, nach irdischem Recht bin ich natürlich schuldig, aber es gibt schließlich ein weitaus wichtigeres Gericht, vor dem ich mich zu verantworten habe", erwiderte er und deutete dabei einen vielsagenden Blick nach oben an.

„Und dort hoffen Sie allen Ernstes auf einen Freispruch?"

„Wenigstens auf Verständnis und Vergebung, und ich hoffe sehr, dass ich in Herrn Gerber, Frau Woll, Frau Lauer, Frau Schmidt und Herrn Bethscheider auch dort oben Fürsprecher auf meiner Seite haben werde."

„Das hoffe ich auch für Sie, Herr Gutmann. Doch machen wir erst einmal hier weiter. Gab es außerdem noch mehrere Fälle von Sterbehilfe?"

Er schüttelte den Kopf.

„Und warum nicht? Hatten Sie auf einmal Bedenken oder kam danach niemand mehr deswegen zu Ihnen?"

„Sowohl als auch. Mein Gewissen hat mich offen gestanden all die Jahre schon sehr geplagt und ich habe diese Taten mindestens tausendmal selbst hinterfragt, ob sie tatsächlich richtig und im moralischen Sinne zulässig waren."

„Und haben Sie eine Antwort darauf bekommen, Herr Gutmann?"

„Nein, ich werde diese Frage wohl mit ins Grab nehmen müssen."

„Was ist denn danach passiert, ich meine, nachdem die Betroffenen verstorben sind? Ihre Leichen sind ja bis heute unauffindbar."

„Heute werden Sie es erfahren, Frau Horst. Die Sterbehilfe wurde ihnen hier in der Praxis zuteil. Nachdem ich mich von ihrem Tod überzeugt hatte, habe ich ihre Leichen in große Kleidersäcke gegeben und diese dann vergraben."

„Und wo, Herr Gutmann? Ich nehme an, hier auf Ihrem Grundstück."

Er nickte. „Ja. Ich konnte und wollte sie ja nicht einfach irgendwo verscharren und ihnen zumindest eine halbwegs würdige Grabstätte zukommen lassen."

„Und deshalb haben Sie sie links und rechts des kleinen Weges zu dem Gedenkstein Ihrer Familie vergraben und die Gräber dann mit den fünf Skulpturen überdeckt. War es nicht so, Herr Gutmann?"

Er sah mich völlig erstaunt an und nickte schließlich. „Sie haben wirklich ein gutes Kombinationsvermögen, Frau Horst."

Ich winkte ab. „Manchmal ist es auch einfach nur eine Intuition, Herr Gutmann. So, ich wäre mit meinen Fragen fürs Erste am Ende. Ich werde jetzt meine Kollegen anrufen und einen Streifenwagen ordern. Wir werden Ihr Geständnis noch schriftlich erfassen und müssen Sie dann leider mitnehmen. Sie sollten inzwischen die Gelegenheit nutzen, um ein paar Sachen für ihren Aufenthalt in der Untersuchungshaft zu packen."

Er nickte. „Sie finden übrigens ein ausführliches Geständnis hier drin", sagte er und reichte mir einen verschlossenen Umschlag. „Vielleicht können Sie ja schon mal drüber schauen, bis ich …" Er stockte kurz, sah mich mit einem ausdruckslosem Blick an und fuhr fort: „bis ich oben im Schlafzimmer alles hergerichtet habe."

„Gut, Herr Gutmann. Darf ich Ihren Apparat für das Telefonat mit den Kollegen benutzen?"

„Natürlich, Frau Horst", erwiderte er und schlurfte mit gesenktem Kopf aus dem Zimmer.

Wieder überkam mich Mitleid mit ihm, während sich meine Freude über den erfolgreichen Abschluss meiner Ermittlungen in Grenzen hielt, weil mich dieser mysteriöse Fall emotional sehr stark berührt hatte. Nachdem ich im Präsidium angerufen hatte, las ich sein Geständnis durch, das alle wesentlichen Aspekte enthielt. Als die Kollegen vor Ort eingetroffen waren, ging ich nach oben, um Herrn Gutmann zu rufen. Er lag mit weit geöffneten starren Augen regungslos auf dem Bett, neben ihm eine leere Spritze. Der rasch herbeigerufene Notarzt konnte nur noch seinen Tod feststellen.

„Eindeutig kein natürlicher Tod", sagte er, „sicherlich ein Suizid, aber das werden Ihre Kollegen im Rahmen einer Obduktion natürlich noch genauer untersuchen müssen."

Ich nickte und überließ alles Weitere den Kollegen. Ich konnte zwar meinen ersten Erfolg als Cold Case-Ermittlerin verbuchen, aber genießen

konnte ich ihn noch immer nicht. Als ich vor
Gutmanns Haus stand, ging mein Blick hinauf
zum Himmel. „Vielen Dank, Björn. Ohne deine
Hilfe hätte ich es vermutlich nie geschafft", flüsterte ich nach oben. „Tu mir bitte noch einen Gefallen und lege auch du beim lieben Gott ein gutes Wort für Herrn Gutmann ein."

Weitere Veröffentlichungen

mit Bezug zur Stadt Neunkirchen

Geisterpost

Verlag Books on Demand GmbH
Taschenbuch: ISBN978- 3744823241
auch als E-Book erhältlich

Eine spannende Geschichte aus den fünfziger Jahren, zur Zeit der wirtschaftlichen Angliederung des Saarlandes an Frankreich.

Eine Frau in den mittleren Jahren kann nach dem Tod ihres Mannes von der kleinen Witwenrente alleine nicht leben. Seine Lebensversicherung, die er zu ihren Gunsten abgeschlossen hatte, wurde ein paar Jahre vor seinem Tod gekündigt, doch das ausgezahlte Geld ist spurlos verschwunden. Sie nimmt daher eine Arbeit in einem Waisenhaus an und schließt dort ein kleines Mädchen in ihr Herz. Doch haben ihre Bemühungen, das Kind bei sich zu Hause aufnehmen, auch Erfolg?

Auf unerklärliche Weise tauchen nach einiger Zeit Briefe ihres verstorbenen Mannes auf, in denen er ihr ein dunkles Geheimnis verrät. Die Briefe sind echt und wurden erst nach seinem Tod verfasst, aber kann der Geist eines Verstorbenen tatsächlich noch Briefe schreiben? Entsprechen seine Angaben auch der Wahrheit und von wem wurde ihr die Post übermittelt? Viele Fragen, auf die sie verzweifelt eine Antwort zu finden versucht.

Verlag Books on Demand GmbH
Taschenbuch ISBN: 978-3750409217
auch als E-Book erhältlich

Die Autoren zeichnen in dieser hochwertigen Hardcover-Ausgabe ein Portrait ihrer Heimatstadt Neunkirchen mit allen zehn Stadtteilen. Mit fast 100 Farbfotos in brillanter Auflösung auf hochwertigem Fotopapier, Geschichten, Gedichten und Erinnerungen ist ein in dieser Form einzigartiges Gesamtbild der ehemaligen Hüttenstadt entstanden.

"Neunkirchen - Ansichten, Geschichten, Erinnerungen" bietet nicht nur Interessantes als Bildband und Reiseführer, sondern enthält auch eine Auswahl von heiteren und besinnlichen Geschichten und Gedichten mit Bezug zur Stadt.

Verlag Books on Demand GmbH
Taschenbuch: ISBN978-3848217854
auch als E-Book erhältlich

Eine globale Wirtschaftskrise irgendwann in der Zukunft, von der auch die Stadt Neunkirchen betroffen ist. Bei einem nächtlichen Spaziergang, in Gedanken nach einer rettenden Lösung für seine Stadt versunken, fällt der Oberbürgermeister vor dem Stummdenkmal auf die Knie und fleht den Freiherrn Karl-Ferdinand von Stumm in seiner Verzweiflung um Hilfe an. Damit erweckt er den ehemaligen Stahlbaron auf wundersame Weise zu neuem Leben.

155

100 Jahre und kein Ende
ein Rückblick auf städtische und
weltgeschichtliche Ereignisse zum
hundertjährigen Jubiläum der
Stadt Neunkirchen

Raimund Eich

Verlag Books on Demand GmbH
Taschenbuch: ISBN978- 3756222476
auch als E-Book erhältlich

100 Jahre Stadtgeschichte Neunkirchen, eingebet-
tet in 100 Jahre Weltgeschichte, beinhaltet dieses
Buch. Übersichtlich nach Jahrzehnten gegliedert
vermittelt es, mit kurzen Hinweisen auf besondere und bewegende Ereignisse diesseits und jenseits der Stadtgrenzen, nicht nur einen zeitge-
schichtlichen Überblick, sondern lässt auch Platz
für nostalgische Erinnerungen in Bildern und
Texten.